Círculo Rojo

DISIDENTES DE LA LUZ

LA ÚLTIMA VOLUNTAD
I

Disidentes de la luz

La Última Voluntad

I

Dana Hernández Moro

Círculo Rojo
EDITORIAL

Primera edición: enero 2024

Depósito legal: AL 3807-2023
ISBN: 978-84-1061-132-0

Impresión y encuadernación: Editorial Círculo Rojo

© Del texto: Dana Hernández Moro
© Maquetación y diseño: Equipo de Editorial Círculo Rojo

Editorial Círculo Rojo
www.editorialcirculorojo.com
info@editorialcirculorojo.com

Impreso en España - Printed in Spain

El papel utilizado para imprimir este libro es 100% libre de cloro y por
tanto, **ecológico**.

PRÓLOGO
EL OLOR DE LA GUERRA

"¿A qué huele la guerra?" Esta pregunta ha sido formulada muchas veces a lo largo de la historia, obteniendo respuestas bastante variadas. Sin embargo, por muy diferentes que estas sean, todas tienen el mismo detalle en común; ninguno de los olores que describen son agradables. Llanta quemada, vinaza, hollín... en resumen, tóxicas destilerías que solo las almas más corrompidas serían capaces de disfrutar.

Mientras se aproximaba la predecible lluvia de ceniza a la que daría lugar el combate, el campo de batalla se encontraba en silencio. En un silencio tan incómodo como sepulcral, disfrutado por unos pocos y repudiado por otros. El único ruido que se escuchaba en aquel caldero de sudor y nervios era el del suave y frío viento mañanero, el cual provocaba a su vez algún que otro movimiento de alambre en las viejas trincheras. Entre todos los temblorosos soldados, destacaba uno que, lejos de tener miedo, estaba realmente emocionado, como si ya oliera la victoria. A su lado destacaba también otro soldado, pero por dos motivos diferentes. El primero era su expresión. Lejos de mostrar emoción como su compañero, destilaba decepción. Tristeza. Un particular cansancio que, solo con mirarle a los ojos, podía interpretarse también como un gran sentimiento de culpa. El segundo era que, en lugar de portar un arma de fuego como el resto, este portaba una armadura ligera, una fina espada y dos puñales que, de vez en cuando, emitían un tenue brillo.

—Vamos, Baido, ¿no estás emocionado? Nunca han tenido posibilidad contra nosotros. ¿Y sabes gracias a quién es eso? ¡A ti! "¡Baido, La Luz de la Humanidad!"

A pesar de estar escondido bajo las trincheras a punto de volver a vivir lo que es la guerra, aquel hombre mostraba una sorprendente actitud infantil.

—No te entiendo, Harold. ¿Qué te emociona exactamente?

—¿Que qué me emociona? Es simple. Me emociona el olor de la victoria y del dinero. Vamos, ¡piénsalo! ¡Seremos asquerosamente ricos!

—Ya. Y, para ti, ¿ese olor del que hablas no es opacado por el olor de la guerra?

—¿El olor de la guerra? Para mí, ese olor es el de la victoria y del dinero a raudales. ¿Para ti no?

—No. No, por supuesto que no. El olor a naturaleza arrasada, a tierra fértil ardiendo, a muerte... ni mil y una victorias pueden compensar lo que es sentir dichas fragancias. En el momento en el que se pierde una vida, ningún bando gana. Las guerras nunca acaban con un final feliz. Y más si todas esas vidas que se pierden cargan sobre tus hombros.

—¿Qué quieres decir?

Baido miró a Harold con una lágrima brotando de su ojo derecho.

—Harold, voy a entregarme.

—¡¿Qué?!

—Por favor, baja la voz. No quiero alertar al resto.

El hombre no podía creer lo que escuchaba. Aquel guerrero, a quien un día veneró, le había confesado su intención de rendirse y desertar.

—Baido, tú... ¿por qué?

—No lo entiendes, Harold. Sobre tus hombros únicamente recaen las vidas de tus enemigos, los cuales ni siquiera te importan si cada uno de ellos supone un cero más en tu cuenta bancaria. Sin embargo, sobre los míos pesan las de los enemigos y las de los aliados. Pesan las de los que luchan y las de los que, en su pleno derecho, no luchan por miedo a morir. Siempre que iniciamos una batalla es por el mismo motivo; vienen a por mí. ¿Por qué se me ha protegido tantas veces? ¿Por qué se han puesto miles de vidas por delante de la mía? No lo merezco, Harold. Quiero cortarlo de raíz.

—¡Pero...! ¡Baido!

—Ya he tomado la decisión. Harold, siempre fuiste mi mejor y único amigo. Te lo ruego... ayúdame a cumplir mi última voluntad.

I
ENTRE BLANCAS AMAPOLAS.

Nikko, la Guerrera Elemental de la luz, despierta tras una extraña pesadilla. Carol reconoce no poder olvidar cierto tema.

"El Rey ha muerto". Esa frase, tan fulminante como catártica para un reino que florece gracias a un camuflado odio, fue la que inició la pesadilla de la muchacha. Una muchacha que, profundamente dormida sobre un monocromático campo de amapolas blancas, sudaba y temblaba, víctima de un mal sueño. ¿O quizá de un mal recuerdo?

Cuando la pesadilla terminó, despertó de un salto. Se encontraba tumbada sobre la húmeda hierba, aturdida y con la mente nublada.

—(Solo ha sido una pesadilla. Otra más...)

Era un 31 de octubre no muy diferente al de todos los años. La noche de Halloween se acercaba, y, como de costumbre por aquellas frías fechas, aquella joven alta, rubia y de unos llamativos ojos verdes caminaba a las seis de la mañana por las empedradas calles de su pueblo con dos bolsas de carbón a los hombros. El sol todavía no se atrevía a asomar, pero no le hacía falta, pues conocía el camino de memoria. Era innegable que el cargamento pesaba; sin embargo, recorrería mil y una veces esas calles con tal de llevar más material para calentar a su abuela.

Mientras la chica caminaba por la vacía rúa, y a medida que pasaban los segundos, se sentía más nerviosa por la noche de Halloween.

—(Otra vez a ver calabazas por todas partes...) —pensó con desgana.

Siempre que quería distraerse con algo mientras daba un paseo, observaba las hermosas vistas que le brindaba Nueva Naila, su aldea; un humilde pueblecito alejado de la sociedad y lleno de vida, flora y fauna. A su lado, caminando unos cinco minutos por el campo y bajando por un pequeño desfiladero, comenzaban las que de verdad eran unas vistas a admirar; un vasto prado repleto de bosques y trigales y un río de por medio, todo complementado con el aroma a hierba mojada y a flores, formando una imagen que resultaba ser una inspiradora fuente de creatividad para cualquier artista que quisiera detenerse a escribir un relato o a pintar un cuadro.

Antes de entrar en la casa de su abuela, se quedó unos breves instantes en la puerta para sentir un poco más el agradable viento que golpeaba su rostro con tierna suavidad.

—Abuela, he vuelto.

—¡Al fin! Anda, niña, ¡empieza a calentar el carbón!

Como siempre, la zagala hizo caso a su abuela y comenzó a calentar el cargamento que había transportado desde el bosque más cercano.

—Estas célibes de hoy en día... ¡qué lentas sois, por Dios!

—¿Célibes?

—Ah, cierto... había olvidado que los jóvenes de ahora sois unos catetos y ya no tenéis vocabulario alguno. Se le llama "célibe" a la persona que no se ha casado y que ha realizado algún voto religioso. ¿Lo entiendes ahora?

—¿Voto religioso? ¿De qué hablas? Además, abuela, te he dicho mil veces que si no estoy casada es porque solo tengo 20 años. También porque todavía no he encontrado a mi... ¿media naranja?

—¿Media naranja? ¿En qué momento hemos empezado a hablar de fruta? ¡Menudas sandeces! ¡Mis viejos oídos solo escuchan excusas y sandeces! Cuando yo tenía tu edad, ¡nos casábamos bien jóvenes ¡Búscate a cualquier mozo lustroso que ande por ahí y ya! Y que sea de tez blanca... si no, no servirá ni pa' manejar el arao'. Je.

—Creo que eso es un poco rac...

—¿Decías?

—E—eh... no, nada.

Cuando la muchacha terminó de echar el cisco al brasero, cogió una manta, tapó a su abuela y se sentó a su lado.

—Déjate de medias naranjas, chiquilla. No necesitas la mitad de nadie para completarte. Debes ser una naranja entera por ti misma.

—Pero yo no soy capaz de eso, abuela.

—Claro que lo eres, badulaque. Pocos pueblerinos hay despiertos a esta hora. Eres una moza muy trabajadora, Nikko.

—Bueno... creo que cualquiera haría lo mismo si tuviera una abuela dependiente.

—¿Dependiente? ¿Lo dices por la maldición que me ciega los días pares del mes? Perdona, ¡pero con ochenta años y una ceguera intermitente me desenvuelvo mejor que muchos jóvenes de hoy en día! Sobre todo que los listillos de ciudad.

Nikko observaba el brasero con un imperturbable sosiego. El crepitar del ardiente carbón vegetal la relajaba hasta tal punto que podía dejar su mente completamente en blanco, cosa que a menudo le resultaba muy difícil gracias a cierto tema que la atormentaba en silencio.

—¿Y bien? ¿Preparada para la noche de Halloween?

—Pues no. Abuela, sabes bien que padre hizo que me dieran miedo las calabazas.

—¡Ja, ja, ja! ¡Que tienes veinte años, coñe! ¡Espabila!

Nikko refunfuñó. Unos instantes después, suspiró y le lanzó una pregunta a su abuela que quería hacerle desde hacía tiempo.

—Oye, abuela... ¿echas de menos a padre?

La anciana tardó un poco en responder.

—Pues claro que lo echo de menos, cielo. La pérdida de un hijo es de las pocas heridas que el tiempo nunca sana. Sin embargo, algo me dice que no se ha ido.

—¿Cómo?

—Sigue vivo. Siempre lo siento antes de dormir.

—Abuela, ¿vuelves a escuchar voces?

—No, esto no son voces. Es una esperanza que revive poco a poco. O quizá una esperanza que en realidad nunca murió y simplemente se escondió.

Apenas unos minutos después, la anciana se durmió frente al calor del brasero. Nikko aprovechó para levantarse, y, sin hacer mucho ruido, limpió la casa, le dejó hecho el desayuno y salió a hacer la compra.

—¡Hola, pequeña! —Saludó enérgicamente el comerciante del puesto de pescados—. ¿Cómo te va? Así me gusta, ¡a la vanguardia desde primera hora!

—Buenos días, Harold. Sí... aunque esto de madrugar todos los días es agotador, la verdad.

—Lo sé. Pero madrugar y sentirte realizado desde tan temprano siempre ayuda a canalizar mejor los problemas del día a día. ¡Es infalible! En fin, ¿qué te pongo?

Harold era un hombre corpulento. Vestía con ropa de pescador y tenía el pelo corto y marrón, el cual normalmente estaba oculto por un pañuelo amarillo que llevaba puesto en la cabeza. Desde que la chica era pequeña, siempre había sido su ejemplo a seguir. Algo así como un segundo padre.

—Esa lubina de ahí. Límpiamela, por favor. Ah, esto... Harold, quería comentarte algo.

—Cuéntame —respondió mientras limpiaba la lubina con gran rapidez.

—La abuela ha dicho que siente que mi padre sigue vivo.

El pescador dejó de limpiar, atónito.

—¿Que Carol ha dicho qué?

—Le pregunté que si echaba de menos a papá, y, como era obvio, me dijo que sí. Pero también me dijo que creía que seguía vivo. No, no que lo creía, sino que lo sentía cada noche.

—Bah... ya sabes que Carol siempre ha sido una mujer muy mística y fanática de esas cosas —respondió antes de seguir limpiando el producto—. Y, si lo piensas bien, no tiene mucho sentido que tu padre desapareciera de repente. Es probable que se tratara de un secuestro. ¿Tienes alguna idea de quién puede estar implicado y por qué? —Preguntó, fingiendo que no sabía nada.

—No... no lo sé. El caso es que este tema cada día me pesa más. Siento que debo empezar a actuar como Guerrera Elemental que soy... pero soy débil. Ya tengo veinte años, por lo que ya puedo usar mis Esencias Elementales sin ningún riesgo. Debo actuar incluso en el caso de que sea tarde y papá ya no esté entre nosotros. Debo averiguar qué fue lo que ocurrió. Por lo menos para que la conciencia de la abuela quede en paz y no se vaya intranquila de este mundo. Realmente lo echo mucho de menos.

—Lo entiendo, Nikko, pero no tengas prisa. Ya conoces mi sueño; ir a ver el mar y poder pescar algo en él. Soy pescadero y llevo toda mi vida pescando en tristes ríos... pero eso cambiará algún día. No sé si queda mucho o poco para ello, pero me lo tomo con calma. Deberías hacer lo mismo, sobre todo siendo una Guerrera Elemental. Si actúas sin precaución, no creo que sigas entera mucho tiempo.

Cuando la conversación finalizó, Nikko se dirigió desanimada hacia su casa, y, tras dejar la compra en el rellano, comenzó a prepararse para ir a la misa con su abuela. A regañadientes, se maquilló, se pintó los labios y se puso un vestido blanco bastante elegante. De cintura para abajo también llamaba la atención; sus piernas, atléticas y desnudas, daban paso a unos llamativos tacones de cristal parecidos a los de cierto cuento.

—Abuela, odio vestir así —le susurró al oído.

—¿Cómo? Nikko, eres una mujer. Pórtate como tal y no me dejes en evidencia. Venga, que entramos a la Iglesia.

—Agh... sí, disculpa.

Unos minutos después, el interior de la Iglesia ya se encontraba en silencio. El único que tenía la palabra era el sacerdote, quien oraba en un altar situado en frente de todos los creyentes. La joven miró a su alrededor. Aproximadamente cien personas, la mayoría de avanzada edad, juntaban las palmas de sus manos y cerraban sus ojos para rezarle a una entidad suprema. Por mucho que su abuela le hubiera insistido en que más allá existía un Dios misericordioso, no se lo terminaba de creer. Siempre se terminaba preguntando lo mismo, y es que por qué ese supuesto Dios que existe más allá de las fronteras del cielo no la ayudaba.

—Abuela, ¿por qué Dios no nos devuelve a papá? —Preguntó en voz baja.

—Shh.

—Yo no he hecho nada malo. ¿Acaso es por no creer?

—Shhhhh...

—¿Qué clase de libertad es esa? ¿Qué clase de deidad que perdona hasta el más vil de los pecados castigaría algo tan humano como es el dudar?

—¡Shhhhhhhhhhhhh!

El sacerdote se calló de repente.

—¿Alguien de ustedes me está solicitando que guarde silencio?

—No, señor. Mi nieta, que es una necia y me estaba hablando en un momento inadecuado. Disculpe.

Tras unos segundos de silencio, el sacerdote siguió dando la misa.

Cuando esta terminó, el edificio no tardó en vaciarse a excepción de por la presencia del sacerdote y de Nikko, quien se había quedado pensativa en uno de los asientos.

—Joven, ¿estás bien? —Preguntó el sacerdote de espaldas mientras removía despacio el agua bendita.

—No, señor. Necesito... necesito que me explique por qué debería creer.

—¿Y por qué no?

La muchacha suspiró, algo nerviosa.

—¿Conoce usted la teoría de la tetera de Russell?

—Ahm... no, la verdad es que no.

Nikko tardó unos segundos en comenzar a hablar.

—Me la contó mi padre. Este es uno de los argumentos más usados en los debates entre ateos y creyentes. Imagine usted que está tomando un té tranquilamente. Entonces, llega un amigo y le dice: "en el espacio hay una tetera girando alrededor del Sol". ¿Usted cómo reacciona?

—A priori no me lo creo —respondió sosegadamente—. Si eso es verdad, que me lo demuestre de alguna manera, ¿no?

—Su amigo le dice que no se lo puede demostrar, ya que la tetera es tan pequeña que ni siquiera el mejor de los telescopios puede verla.

—Entonces no puede demostrarse.

—Exacto. Pero está convencido de que existe. El propio Russell reconoce en esta analogía la carencia de sentido de la idea de la tetera espacial, pero, justo después, afirma lo siguiente:

"Si en libros antiguos se afirmara la existencia de la tetera, se enseñara como la verdad sagrada cada domingo y se inculcara en las mentes de los niños en las escuelas, dudar de su existencia sería visto como una excentricidad y el escéptico merecería la atención de un psiquiatra o un inquisidor". Lo que Russell quería demostrar es que, el hecho de que mucha gente crea en Dios, no significa que este exista. Es una verdad sagrada como la del ejemplo hipotético que he puesto; se sigue creyendo tan ciegamente porque ha pasado tanto tiempo que, ahora, el no creer en Dios se ve como un acto pecador.

El sacerdote esbozó una amable sonrisa.

—Eres una muchacha muy lista. ¿Puedo saber tu nombre?

—Nikko Meyer. Un placer, señor.

Los ojos del sacerdote se abrieron de par en par por unos instantes.

—El placer es mío, Meyer. Mi nombre es Hughes. En cuanto a tu analogía... es interesante, pero me parece insuficientemente válida. La tetera puede estar ahí. Sin embargo, no hay motivos para creer en su existencia. En cambio, sí los hay para creer en Dios. Dime, ¿cómo explicas la existencia del mundo, del universo y del propio ser humano? ¿Cómo explicas la perfección de la naturaleza? ¿De verdad crees que todo lo ha originado una explosión? Si es así, ¿qué había antes de esa explosión? ¿Nada?

No, no podía haber nada. Porque para que se originara esa supuesta explosión, tuvo que haber algo, y en el momento en el que hay algo, ya no existe la nada. Dios está reflejado en todo lo que nos rodea, pequeña. Nos observa continuamente.

—¿Y por qué yo no lo veo?

—Porque no está materializado. Es producto de nuestro alma, de nuestro sacrificio y de nuestra fe como cristianos. Él nos observa. A todas horas. En todas partes.

—Y, si eso es cierto, ¿por qué no nos ayuda?

—Porque no es su función, y, como ente espiritual, no puede hacerlo. Dios es un ser omnipotente y creador, mas no interdecesor. Él puede y tiene la potestad para perdonar nuestros pecados, pero no puede intervenir entre el mundo etéreo y el mundo tangible.

—Y... ¿de qué sirve que perdone nuestros pecados?

—Purifica nuestro alma. Por lo menos, yo, cuando Dios perdona mis maldades, me siento mejor. Me siento liberado. ¿Tú no?

Cuando la conversación finalizó, Nikko se despidió amablemente, no sin antes agradecerle la charla. Seguidamente, salió de la iglesia bastante pensativa.

La noche cayó, y la muchacha se sentó en la ventana de su habitación para observar el pueblo desde la altura. El panorama provocó en ella un molesto choque de sentimientos; por una parte, se le contagiaba la alegría de los niños yendo en grupo de casa en casa. Pero, por otra parte, no podía evitar sentirse algo sola. Nunca había tenido ningún amigo con el que divertirse en estas fechas.

—(Quizá las calabazas no son el único motivo por el que Halloween me causa rechazo).

Desanimada y sin sueño, se metió en la cama en un intento fracasado de dormir.

II
MEMORIAS AJENAS

Nikko es víctima de otra pesadilla. Carol profundiza sobre su pasado. Viktor y Julia se ven envueltos en una disputa.

—Has crecido, Nikko.

—¿Ah...?

Nikko se dio cuenta de que su padre se encontraba justo en frente de ella. Sin embargo, un profundo y peligroso río separaba los dos verdes prados en los que se hallaban.

—¿Padre?

—No tengo mucho tiempo. Me gustaría hacerte una pregunta. Ya tienes veinte años y puedes usar tus Esencias sin correr riesgos. ¿Cuál es tu objetivo?

—¡Padre! —Exclamó entre lágrimas—. ¡Padre!

Emocionada, se metió en el río y comenzó a nadar a toda prisa hacia la orilla en la que se encontraba el hombre. Este, al ver la impulsiva reacción de su hija, negó con la cabeza, decepcionado. Cuando Nikko vio su expresión, frenó en seco su nado.

—¿Padre...?

—Te he dicho que no tenía mucho tiempo, y no has respondido a mi pregunta, sino que te has limitado a lanzarte a unas aguas que ni conoces. Sigues igual de impulsiva que siempre. ¿No has mejorado en nada durante estos seis años? Más allá de lo físico, no veo diferencia en ti desde que desaparecí.

—Pe—pero padre...

Baido comenzó a desaparecer lentamente.

—¡Padre! ¡Padre, espera!

—Adiós, Nikko. Suerte en tu viaje. Y no te enfoques únicamente en encontrarme a mí. Hay alguien más a quien debes encontrar. Alguien más importante que yo.

—¡Padre, no!

Varios Saag escamados aparecieron desde las profundidades y hundieron bruscamente a la joven.

— ¡ ¡ ¡ P A D R E E E E E E E E E E E ! ! !

Nikko despertó sobre el mismo campo de amapolas en el que se durmió, al igual que el día anterior. A pesar de que el sueño había durado unos minutos, por el sol y la desaparición de la húmeda neblina mañanera dedujo que en la realidad habían pasado mínimo tres horas. Confusa, se levantó y se dirigió rápidamente a por carbón al monte más cercano. Presa de los nervios por aquel extraño sueño, cruzó sin darse cuenta cierta frontera marcada por una sustancia púrpura en el suelo y se adentró en un frondoso bosque. Cuando llevaba corriendo sin descanso unos tres minutos, un deforme, baboso y redondo ser le cortó en seco el paso.

—¿Eh...?

X

Mientras tanto, en la moderna ciudad de Valis, la nación puntera del mundo, un chico experimentaba en el pequeño laboratorio de su apartamento y estudiaba cierta sustancia de color púrpura. Acalorado, abrió la ventana y se paró a observar la gran ciudad. Colosales edificios llenos de carteles publicitarios, aceras repletas de gente y carreteras con ruidosos coches se hallaban ante él.

—(Tan solo son las diez de la mañana y Valis ya está más que despierto. Ah... adoro el panorama del progreso diario).

Alguien llamó a la puerta, y, tras escuchar el "adelante" del joven, entró tímidamente.

—¡Julia! ¿Cómo es que estás despierta tan pronto?

—No he dormido en toda la noche.

El chico suspiró.

—Joder, ¿otra vez? ¿No funcionó lo que te compré en la farmacia?

—Ni un poco. ¿Y tú? ¿Has madrugado otra vez para trabajar con esa cosa?

—Por supuesto. Ya sabes, hermanito. ¡Siempre a la vanguardia!

—Hermanita.

—Ups... sí, perdona.

La joven caminó despacio por el lugar hasta ponerse al lado de su hermano, observando asustada los numerosos botijos y documentos que había sobre las mesas de trabajo.

—¿Sigues experimentando con... con eso?

—Por supuesto. Y "eso" tiene un nombre, mi querida hermana. "Eso" se llama "Esencia Púrpura", y será lo que hará que la humanidad alcance la plenitud. Ja... tu cara lo dice todo. ¿Todavía dudas?

—Claro que dudo. Tus métodos... tus métodos son terribles. Te lo he dicho muchas veces. No puedes... no puedes sentirte orgulloso de tus resultados si para conseguirlos has hecho daño a personas inocentes.

Julia era una chica de estatura pequeña, gestos inseguros y una sonrisa inocente. Su pelo era largo y negro, y sus ojos de un marrón común. Era todo lo contrario a su hermano; un chico alto, apuesto y orgulloso. Este tenía el pelo corto y castaño. Además, sus ojos, al igual que su cabello, eran también de un marrón común que, al contrario que los de su hermana, transmitían una orgullosa seguridad.

—¿Inocentes? Por Dios, Julia, ya te lo he explicado muchas veces. Las gentes de ahí fuera son seres infames que no aportan nada al progreso de la humanidad. Simplemente están ahí, acaparando nuestro dinero para ser protegidos mientras no colaboran en nada. Ojalá el Gobierno Central rompa el Límite Púrpura de todos esos pueblos.

—¡Viktor!

—¿Qué? ¡Digo lo que pienso! Y nadie me censurará.

—¡Ni siquiera has visto a los humanos de fuera! ¿No has pensado que a lo mejor son como nosotros? Con sueños, ilusiones, y...

—Me da igual.

Esa última frase dejó atónita a Julia.

—Papá nos abandonó cuando éramos unos críos, no lo olvides. Yo tenía ocho años. Tú tenías cuatro, Julia. ¡Cuatro! Además, ese viejo miserable no permitió que nadie nos ayudase. Tuve que buscarme la vida para protegerte a ti, y, después, a mí. Siempre te puse por delante de mi propia vida.

—Pero nadie nos ayudó porque...

—¿Porque el Rey, quien decía ser nuestro padre, no lo permitió? Quizá. Pero no me sirve como justificación. Desde aquel día, comencé a darme cuenta de lo sumiso que es el ser humano ante el poder. De lo fácil que es hacer que se rinda cuando le dotas de lujosos privilegios y le mimas hasta la saciedad. Las masas son ridículamente fáciles de controlar. Por eso quiero cambiar esta sociedad. Por eso quiero que el dinero se centre en proteger a una sociedad que contribuye a la mejora de la caridad, en lugar de proteger a gente que no aporta ni una sola idea para optimizar la vida de los trabajadores. Además, ya conoces la historia. Todos los de ahí fuera son asquerosos *lixoístas*. Eso debería ser argumento más que suficiente.

—¿Y no sería más fácil anexionar pacíficamente esos pueblos?

—Rotundamente no. Hazme caso, Julia; cuando presente mi plan al Consejo de Ministros, será un punto de inflexión en la historia. Confía en mí.

X

—¿Eh...?

La joven quedó completamente paralizada por el miedo. Nunca había visto nada igual; aquel ser, de textura viscosa y repugnante, tenía forma de bola y seis brazos en lugares aleatorios del cuerpo. No era capaz de sostenerse en pie, pues no tenía piernas. Su rostro, con los ojos, la boca y la nariz enormes y descolocados, expresaba, sumado a unos irritantes gritos, un inimaginable sufrimiento. De un torpe salto, se lanzó hacia la muchacha, pero logró esquivar el ataque de milagro y escapó corriendo del lugar sin saber hacia dónde se dirigía. Como el misterioso ser carecía de piernas, usó sus brazos para correr torpemente y comenzó a perseguirla entre incesantes berridos.

—¡AYUDA! ¡AYUDA, POR FAVOR! ¡¡¡SOCORROOO!!!

—Tercera Esencia: Criobrotes.

De repente, un colosal y puntiagudo témpano de hielo brotó de la tierra y atravesó al monstruo, matándolo en el acto y dejándolo suspendido en el aire. Justo después, un hombre saltó desde la cima de un alto árbol y se posó delante de Nikko. Aparentemente adulto de edad avanzada, era alto e imponía tanto respeto que la piel de la joven no tardó en erizarse. Tenía una larga barba blanca, y vestía con un traje de batalla cubierto en algunas partes con blanca piel de animal. Unos instantes después de acabar con aquel misterioso monstruo, el hombre desenvainó un enorme bastón helado.

—N-no me hagas daño... ¡p-por favor...!

Pero no parecía escucharla. A medida que se acercaba, bastón en mano, los nervios de la joven aumentaban.

—¡Por favor, no!

El hombre levantó el bastón ante la indefensa muchacha, quien no podía ni levantarse, víctima del miedo.

—¡No! ¡NO!

Sin embargo, para su sorpresa y posterior alivio, no la atacó, sino que se limitó a clavarlo justo a su lado.

—Sé quién eres, Meyer —dijo—. Y me han ordenado matarte. Sin embargo, si me das un buen motivo para no hacerlo, me abstendré.

—¿Ma—matarme?

El Guerrero la miró fijamente durante unos segundos.

—No percibo maldad en tu mirada, mas sí inseguridad y una peligrosa ignorancia.

—¿Quién... quién es usted?

—Antes de decírtelo, respóndeme tú. ¿Quién eres?

—Pero... pero si dijo que ya me conocía. Hasta dijo mi nombre...

—Te he preguntado que quién eres.

Nikko se encontraba cada vez más confusa, pues no sabía a qué se refería aquel hombre.

—E-eh... pues... esto...

—Lo suponía. Bien, suficiente. Meyer, no conocerás bien a nadie hasta que no te conozcas a ti misma.

—¡Ah, que se refería a eso! ¡Haberlo dicho, le hubiera...!

—Huye a tu aldea y no vuelvas a salir de ahí. La próxima vez acabaré contigo.

El hombre se envolvió en un aura helada y desapareció.

—¡Espere! ¿Ah? Agh... en fin.

Nikko, todavía algo confundida, le hizo caso y se dio la vuelta para regresar a toda prisa a Naila.

—(Rarito... ¡claro que sé quién soy! ¡Me conozco de sobra! ¡Ugh...!)

—¡Señor Heidfrig! Bienvenido a Laboratorios Elm & Prionni. Es un placer.

—Lo mismo digo, señor —respondió mientras le estrechaba la mano.

—Siéntese, por favor. Veamos... estuve revisando su currículum, y una cosa no me terminó de encajar...

—¿Sí? ¿Qué es?

—No figura que tenga estudios. ¿Se le olvidó añadirlo?

Viktor se puso algo nervioso. Lo cierto es que no, no se le había olvidado, pues no los tenía. Y era plenamente consciente de lo que iba a ocurrir.

—No, señor. No le mentiré, no los tengo. Pero tengo conocimientos muy altos en el campo de la ciencia. Se lo puedo...

—Señor Heidfrig... —interrumpió—. Ya tiene una edad para saber que no puede luchar contra esta situación. Además, sabiendo quién es, sabe que nos metemos en un gran compromiso al acceder a contratarle.

—No, no, escúcheme. Por favor.

El hombre suspiró.

—Bien... adelante.

Pero sus palabras cayeron en saco roto. Viktor salió del edificio frustrado y con una oportunidad de trabajo menos por tener conocimientos demostrables empíricamente en lugar de un simple título y por ser quien era. El resto del día fue tan monótono como agotador; de entrevista en entrevista, recibiendo las mismas respuestas en todas: "lo sentimos, pero no tienes el título" o "lo siento, pero el Rey aún nos impide ayudarte laboralmente". En resumen, varios "búscate la vida" lanzados de forma sutil. Alguno que otro incluso llegó a llamarle "asesino" por cierto suceso del pasado que le condenó, junto con su hermana, a aquella dura soledad. Cuando cayó la noche y llegó a su casa, se limitó a tumbarse boca abajo en la cama después de dejar su bolso en la mesilla. Su hermana, quien estaba preparando la cena, apagó un momento la vitrocerámica para acudir a su habitación.

—¿Viktor? ¿Estás bien?

—Sí. Déjame...

Julia no se lo creyó, por lo que entró, cerró la puerta, y, después de abrir las ventanas, se sentó a su lado.

—No ha habido suerte, ¿verdad?

—No. Estoy harto, Julia. ¿Por qué escogen antes a un ignorante con título antes que a mí? Me puedes preguntar cualquier cosa sobre ciencia, ¡que te la voy a responder bien! Pero nada. No tengo título, y eso me convierte automáticamente en un desecho en el mundo laboral. Por no hablar de lo que ya sabemos. Nadie se olvida de que el hijo de puta del Rey quiere que perezcamos y no recibamos ningún tipo de oportunidad. Vamos, ¡eso debería ser ilegal, joder! Que nos hubiera matado y ya. No, qué digo... eso le acarrearía consecuencias más graves. En su lugar, decidió abandonarnos a nuestra suerte. Cabrón... —sollozó.

—Viktor, calma. No eres un desecho. No permitas que esto merme tu autoestima.

—Lo sé, pero... agh, me siento tan mal...

—Lo entiendo. Termino enseguida de hacer la cena y te la traigo, ¿de acuerdo?

—Sí... gracias.

Aproximadamente cinco minutos después, Julia llegó con dos platos de pescado con patatas fritas.

—Toma. He hecho bacalao, tu pescado favorito. No me queda tan rico como a ti, pero... bueno, he intentado seguir una receta de Internet —dijo la joven antes de sentarse a su lado de nuevo.

—Muchas gracias, Julia —agradeció mientras se sentaba en la cama y cogía el plato.

La muchacha se sentó a su lado, y, tras esbozar una amable sonrisa, le dio un golpecito con el codo.

—Vamos, anímate. Te despiden en un par de semanas, ¿no? Cobrarás el finiquito. Además, seguro que encuentras algo para ese entonces. Tampoco es que estuvieras sin trabajo; por lo menos tienes uno hasta que encuentres otro mejor.

—Sí... —mintió.

—Estaré aquí siempre que lo necesites. Tú lo hiciste, me protegiste toda la vida. Ahora me toca a mí, ¿no? No tengo la fortaleza para hacerlo, pero lo haré de todas formas.

Viktor miró a su hermana con lágrimas en los ojos y le dio un fuerte abrazo.

—Julia... siempre me dijiste que querías ver las estrellas —dijo Viktor mientras observaba el vacío cielo a través de la ventana.

—Sí... en la ciudad es imposible por la contaminación. ¿Sabes? Antes estuve leyendo uno de esos libros que me compraste. ¿Sabías que todas las estrellas que se pueden ver en el firmamento son más grandes que el sol?

—¿En serio? Ja, ja... quién lo diría.

—Sí. Todos los misterios que el cielo esconde suenan tan increíbles... ojalá poder ver las estrellas alguna vez.

—No te preocupes por ello. Pronto te llevaré a un lugar en el que se ven preciosas. Te lo prometo.

—Abuela, ya he vuelto.

—¡Será posible! ¡¿Dónde has estado todo el día?! ¡Me había preocupado! ¡Ya pensaba que me quedaría sin cenar!

—Ya, ya... disculpa —respondió mientras dejaba la compra en la esquina del rellano—. (No pienso decirle que me he perdido después de que cruzara una supuesta frontera de seguridad y un hombre con poderes de hielo me rescatase de una bola con seis brazos que me quería comer. Ha sido un día curioso).

—Da igual. Oye, me ha contado el sacerdote que ayer mantuvisteis una conversación bastante interesante. ¿Y bien? ¿Crees al fin en nuestro Señor Todopoderoso?

—No.

Carol resopló.

—¡Bah! No podía esperar más de ti. Anda, ¡hazme la cena!

—Marchando...

Mientras Nikko limpiaba el pescado que le había comprado a Harold, no podía dejar de pensar en el tema anterior.

—Insisto en que me parece mal que Dios no me ayude.

—No es su...

—No es su función, lo sé, el sacerdote me dijo lo mismo. Dime, abuela, ¿existe un enemigo de Dios?

—Por supuesto. Tú eres una. ¡Todos los ateos iréis al infierno con el demonio!

—Hablo en serio.

Carol pensó durante unos segundos.

—Mmm... sí, claro que existen. Muchos. De hecho, tanto que dices que Dios no existe porque no lo has visto, hay un ser que se dice que fue desterrado por Dios del que sí se tienen registros. Su nombre es Alcmena. Cuenta la leyenda que, junto con las Cinco Penitencias, unos terribles seres que causaron mil y una masacres, se encuentra sumido en un profundo letargo en unas lejanas ruinas ocultas. Dicen las malas lenguas que la forma de despertarlo es activando las cuatro Esencias Primigenias.

—¿Y quién las tiene?

—Tú. Son las Esencias de la Luz.

Nikko dejó de cortar el pescado, atónita.

—¿Por qué dejas de cortar? Esta vieja pocha morirá de hambre a este paso.

—N—no lo sé, abuela... ¿c—cómo que yo tengo las Esencias Primigenias? ¿Qué ocurrirá si despierto a esos seres por error?

—Pues que pondrías en jaque al mundo entero. Aunque hay fuentes que dicen que Alcmena ya no se encuentra en esas ruinas y está esperando a que las Penitencias despierten para dar un gran golpe. De ser así, salir todavía sería más peligroso... pero también habría atacado a alguien, y no ha ocurrido. Ugh, hoy en día ya no se sabe a quién creer.

—Tengo miedo, abuela...

Carol suspiró profundamente. Aquellas palabras le resultaban muy familiares.

—Niña insegura... me recuerdas a tu abuelo.

—¿Al... al abuelo?

—Sí. Nunca olvidaré el día en el que lo conocí. Nada mas cumplir

los veinte años, nos alistamos al ejército para aspirar a Guerreros Elementales, como lo eres tú ahora. Era un joven miedoso, con evidentes carencias en habilidades para la batalla. En ocasiones tan temerario... ah. Pero todo cambió para él cuando conoció a cierta chica. Una que, a pesar de ser completamente su polo opuesto, no tardó en enamorarle. Una que, a pesar de padecer una dichosa maldición que la dejaba ciega los días pares del mes, se movía de forma tan grácil y delicada que enamoraba a cualquier mozo que se le cruzase.

—¿Hablas de ti?

—Por supuesto. Je...

—¿Cómo fuiste víctima de esa maldición?

—Fue en una batalla contra un Saag. Me confié y me di la vuelta pensando que había acabado con él, pero seguía vivo y utilizó su última exhalación para lanzarme una maldición que me duraría hasta hoy. Sin embargo, a pesar de ello, siempre fui bastante segura de mí misma y de mis capacidades. Al contrario que tu abuelo, yo iba con la cabeza alta a todas partes, siempre sin mirar por encima del hombro, por supuesto. Bueno, o casi siempre. Pero por algún motivo, aquel joven también me llamó la atención. Mira que había mozos apuestos en el ejército, y aunque tu abuelo no fuera precisamente agraciado... je, su mirada no la tenía ningún otro, de verdad. Expresaba pureza, bondad... y una inseguridad que, desde el primer momento en que la noté, sentí que debía eliminar. Y así lo hice. Nos conocimos, y, a medida que pasaba el tiempo y entrenábamos juntos, fue confiando más en sí mismo. Sí... eran buenos tiempos.

—Y... ¿qué ocurrió después?

Carol fijó su mirada en la lumbre, la cual se había apagado hace ya rato, quedando únicamente algún que otro crepitar de los rescoldos.

—Varios años más tarde de abandonar el ejército y comenzar a salir, quedé embarazada de tu padre. Sin embargo, tu abuelo no se había desprendido del todo del ejército y aún guardaba relación con algunos de los generales, por lo que un día le llamaron para una importante batalla. Recuerdo que se despidió de mí y de nuestro futuro hijo, quien nacería en dos meses. Me prometió que no sería un "hasta nunca", sino un "hasta luego". Pero no fue así. Nunca regresó de aquella batalla.

—Lo... lo siento. Debió ser muy duro.

Los ojos de la anciana se humedecieron.

—Tu abuelo era el vigente Guerrero de la Luz. Como toda su generación, siempre fue perseguido.

—Entonces, ¿por qué pudo ir al ejército?

—A ver, aunque lo llame "ejército", no era una institución oficial. Simplemente era el cuerpo de reclutas de Nueva Naila y algunas aldeas de alrededor, ya que, como ya sabes, casi todos los pueblos externos a Valis y al resto de naciones son *lixoístas*. Tu abuelo nunca caía en batalla; había desarrollado tal destreza y tal seguridad que los soldados enemigos le temían. Era imbatible... o eso se pensaba hasta el día en que lo derrotaron. Lo superé, pero volví a caer cuando desapareció tu padre. Le llamé Baido, como tu abuelo, con la esperanza de que mi corazón sintiera que él seguía aquí conmigo. Pero ahora tu padre tampoco está. No sé por qué desapareció tan repentinamente. Es probable que todavía le afectara la desaparición de tu hermanito pequeño unos días después de nacer, o que le secuestraran, como dijiste antes.

—¿Hermanito pequeño?

—Sí. Antes de tenerte a ti, Baido tuvo un hijo. Pero desapareció antes de cumplir un año. Se sumió en una profunda depresión, pero, junto a su prometida, logró superarla y te tuvieron a ti. Sea por el motivo que sea, el caso es que ya no está. Por eso, Nikko... si es verdad eso de que sigue con vida, prométeme que lo encontrarás. Quiero abrazarlo una última vez antes de irme de este mundo. Es, junto contigo, el único recuerdo que me queda de tu abuelo.

Nikko tenía muchas dudas, siendo la más importante la de la identidad de su madre, a quien nunca había conocido. Sin embargo, no sintió que fuera momento de preguntar.

—Lo haré, abuela. Te lo prometo.

X

Cayeron las cinco de la madrugada. Viktor, tras comprobar que su hermana estaba dormida, la besó en la frente y salió del apartamento. Nada más pisar la fría y vacía calle, aceleró el paso y se dirigió, nervioso, hacia un lugar concreto. Su cabeza estaba nublada; sabía que no podría mantener la mentira mucho tiempo más. Acababa de terminar de llover, por lo que era inevitable que, de vez en cuando, pisase algún que otro charco. A medida que avanzaba, había ocasiones en las que frenaba ligeramente porque se detenía a observar su reflejo en el agua. En él, veía dos reflejos. El primero era el de un chico amable y honesto que cuidaba de su hermana y ponía su vida por delante de la suya. Sin embargo, el otro reflejo no era tan agradable. Era un chico con un rostro malvado, una bata de laboratorio y varias personas detrás de él pidiéndole clemencia.

—(No... no, ese no soy yo. ¿Qué me está pasando? ¿Qué he hecho mal?)

Cuando llegó a su destino, sus nervios aumentaron. Se encontraba en una vieja plaza alejada del centro de la ciudad. Las casas de alrededor no parecían muy cuidadas; sus portales estaban llenos de goteras y había gatos y heces de pájaro por todas partes. La iluminación tampoco era nada decente, pues las pocas farolas cuyo cristal seguía intacto se limitaban a emitir la luz de forma intermitente, parpadeando sin descanso. La única luz que le otorgaba algo de visión al lugar era la de la luna, la cual daba la casualidad de que era llena.

—Al fin apareces, pijo de mierda.

—Ya te he dicho que no me llames así. El hecho de ser el hijo del Rey no me abastece automáticamente de privilegios.

—Ya, ya, lo que tú digas. Pásala de una vez.

El escaso panorama social también resultaba tan lamentable como intimidante; había tres hombres y dos mujeres, todos ellos vestidos con ropa de cuero, con mala cara y prendiendo sus cigarros. De vez en cuando, se podía ver en alguna esquina a una persona pinchándose algo en vena.

—Aquí la tienes...

El chico le entregó una bolsita con unos polvos blancos, causando una mala reacción.

—¿Me estás vacilando?

—¿Qué pasa? Era lo que acordamos. Me piro.

Cuando se dio la vuelta para marcharse, el hombre le detuvo agarrándole el hombro con fuerza.

—¿A dónde te piras? No hemos terminado, pijo. Acordamos dos. ¿Dónde coño está la otra?

—¡No es verdad! —Exclamó antes de apartar bruscamente la mano del hombre.

—¿Oh? Ahora que me doy cuenta, te ibas sin el dinero.

Todos comenzaron a reírse a carcajadas a excepción de Viktor.

—¡Ja, ja, ja, ja! ¿Qué pasa? ¿Los nervios te podían?

—No, señor —respondió una mujer—. Recuerda que es un ricachón de mierda. Seguro que no necesitaba ese dinero.

—¡Que no soy rico, coño!

El camello cambió repentinamente su expresión a una enfadada.

—Odio que me mientan, muchacho. Y que el hijo del Rey de mierda me diga que no tiene pasta es la mayor mentira que me han dicho en años.

—¡Es la verdad!

Los otros dos hombres y las dos mujeres se levantaron tras recibir un silbido de su líder. Seguidamente, los cinco rodearon al joven y comenzaron a darle una paliza.

—¡No! ¡Agh! ¡Ayuda! ¡AYUDA, POR FAVOR!

—¡Cállate la puta boca! ¡No vuelvas a mentirme!

Tras tres intensos minutos de patadas y puñetazos, frenaron tras dejarle malherido e inconsciente.

—¿Lo dejamos aquí, jefe?

—Sí. Ninguno de vosotros ha visto nada, ¿eh?

—De acuerdo.

Cuando los cinco procedían a marcharse, una temblorosa voz les detuvo.

—¡E—eh!

—¿Qué? ¿Y este quién es?

El jefe se dirigió lentamente hacia Julia hasta posicionarse delante de ella. Era mucho más alto, por lo que imponía tanto que los nervios de la joven aumentaron increíblemente rápido.

—Mi... mi hermano... ¿qué le habéis hecho...? —Tragó saliva.

—¿Ah? ¿Eres el hermano de ese trozo de mierda? Joder, qué pereza. Aunque, pensándolo bien, es un dos por uno.

—Her—hermana.

El hombre quedó perplejo.

—¿Qué?

—He dicho hermana. Soy su hermana.

De nuevo, todos se partieron de risa.

—¡Joder, estos dos lo tienen todo! ¡Uno se va sin la pasta y el otro es uno de esos raritos que dicen ser pibas! Mira, chaval... te dejaré algo claro.

Julia recibió tal puñetazo en la cara que fue derribada.

—Eres un tío, al igual que el imbécil de tu hermano. Y nunca...

Sin dejarle terminar la frase, Julia se levantó y le devolvió el puñetazo, haciéndole retroceder un par de pasos. Los secuaces se levantaron y apuntaron a la chica con sus pistolas, pero no dispararon gracias a que su jefe levantó el brazo.

—Esperad, panda de monos. Este tío tiene huevos. Dejádselo al gran Terry —ordenó mientras se cascaba las manos.

Julia tragó saliva de nuevo. Era consciente de que ni sabía pelear ni tenía las agallas para hacerlo. Sin embargo, cuando se trataba de su hermano, su llama interior volvía a encenderse. Una vivaz llama que se apagó en un pasado, y que constantemente luchaba por volver a prender. Terry sacó dos cuchillos y le lanzó uno de ellos a Julia para que lo cogiera.

—No me apetece pelear a puño limpio. ¿Por qué no lo hacemos un poco más divertido?

—Pe-pero...

El hombre se abalanzó sobre ella, pero logró esquivar el golpe de milagro, cayendo al suelo. Rápidamente, volvió a levantarse y se alejó un poco, colocándose en una torpe posición de ataque. Terry corrió de nuevo hacia ella, comenzando una intensa pelea de cuchillos que no duró más de cinco segundos. Julia recibió tres cortes superficiales; uno en el costado, otro en el brazo y otro en la cara.

—(No puedo... hacerlo...)

Mientras esquivaba los frenéticos golpes y se protegía con el cuchillo, se limitaba a pensar una estrategia, pues era consciente de que si seguía así, no iba a ganar. Entonces, se le ocurrió algo: dejar de golpear.

—¿Ya está? Se me ha hecho rápido. En fin, nos vemos en el otro barrio, capullo.

Justo cuando iba a recibir una puñalada de Terry, la esquivó, se escabulló por debajo y le robó la pistola que tenía en el lateral del pantalón. Pero esto no le causó el más mínimo miedo al hombre. En lugar de seguir golpeando, se detuvo y miró fijamente a Julia, quien ahora le apuntaba con el arma.

—Te tiemblan las manos. No vas a disparar. Tanto tú como yo lo sabemos.

Los otros cuatro secuaces agarraron al inconsciente Viktor. Uno le puso una navaja en el cuello y el resto apuntaron a su cabeza con las armas.

—¡No!

—¿No quieres que eso ocurra, verdad? Entonces suelta el arma y terminemos esto aquí. ¿O decides matarme? ¿Crees que te sentirás mejor después de ello?

El pulso de Julia iba en aumento.

—Tu hermano morirá si lo haces. Vamos, ¡hazlo! ¡ADE-LANTE, CABRÓN! ¡DISPÁRAME! —Gritó mientras colocaba su frente en la boca del arma.

—Ah... ¡ah...!

—¡¡¡QUE ME DISPAREEEEEEEES!!!

La joven disparó. Tras lanzar un grito de terror, se percató de que todo era una farsa; el arma no tenía balas.

—Conque sí que serías capaz. Sorprendente...

De repente, una sirena de policía comenzó a sonar cada vez más cerca.

—¡La poli! ¡Corred! ¡CORREEEEEED!

Los cinco delincuentes escaparon corriendo del lugar, dejando sola a Julia junto a su hermano inconsciente. Cuando la policía llegó, encontró un panorama que no reflejaba lo ocurrido; un chico malherido en el suelo con una chica delante, quien tenía una pistola y un cuchillo. Los agentes no tardaron en agarrarla y en meterla en el coche a la fuerza, sin que ella opusiera resistencia. Se encontraba completamente en shock; no pudo reaccionar ante nada. Unos segundos después, cayó desmayada dentro del coche.

III
RENCOR PERENNE

Nikko conoce a un extravagante joven. Viktor y Julia son apresados tras el descubrimiento de su secreto. Harold intenta proteger a la Guerrera.

"El ser humano es gracioso. Víctima de su ignorancia, no se percata de que se encuentra encerrado en un bucle de esclavitud en el que cree ser amo del que tiene delante. No se da cuenta de que, al igual que hostiga al que tiene en frente, a sus espaldas hay otro hostigándolo. Y así constantemente. Pero este bucle, a pesar de no tener final, sí que tiene un principio. Un principio ocupado por algo creado por el propio humano y que, en silencio, observa al resto: el dinero. Cada persona es un mundo, y cada mundo es esclavo de algo; alcohol, mujeres, poder... sin embargo, si hay algo que todos los mundos tienen en común, es que todos son esclavos del dinero. Seas rico, seas pobre. No tiene importancia".

Cansado, el Rey Heidfrig dejó de escribir, cerró la libreta y se tumbó en su lujosa cama.

—(Quién lo iba a decir. Nunca he tenido a tanta gente alrededor, y nunca me he sentido tan solo).

X

A la mañana siguiente, a primera hora, Nikko se encontraba entrenando en el jardín. Con su armadura ligera y su fina espada, practicaba incansablemente todo tipo de golpes y gráciles movimientos entre la húmeda bruma. Carol, quien tenía un sueño bastante liviano, se despertó con el tenue sonido de los golpes al aire de la espada. Extrañada, se asomó a la ventana, y, nada más ver a su nieta dándolo todo por primera vez en mucho tiempo, una sonrisa orgullosa asomó en su arrugado rostro.

—¿Puedo aconsejarte?

—¿Abuela? ¿Qué haces despierta tan pronto?

—A mi edad ya me despierto con cualquier cosa, pequeña. He estado observándote un ratico por la fenestra. Una suerte que hoy sea día impar y no me afecte la maldición. Si no, no habría podido verte.

—Ah... esto...

—No te pongas nerviosa, mujer, que no muerdo. Fíjate —dijo mientras apoyaba sus manos sobre las de la joven y el mango de su espada—. La agarras mal. Además, golpeas con furia. Debes atacar de forma inteligente, no bruta. Te moverás mejor y tu precisión será mayor. Por no hablar de la resistencia; te cansarás mucho menos, y...

Nikko escuchaba atentamente a su abuela. Sin embargo, mientras interiorizaba sus consejos basados en su propia experiencia en el ejército, no podía evitar pensar si estas mismas enseñanzas se las había transmitido en algún momento a su difunto amado Baido.

—Oye, ¿me escuchas? Te has quedado absorta.

—Ah, sí, sí. Perdona, abuela. Estaba pensando... esto te resulta familiar, ¿verdad? Nunca me has explicado nada con esta paciencia.

—Y tanto que me resulta familiar. Ver aquí a mi nieta, una inexperta golpeando al aire con una espada de forma aleatoria y sin ninguna estrategia, me recordó mucho a él. Como ya te dije, tu abuelo era un negado para todo. Pero finalmente terminó convirtiéndose en un aclamado Guerrero. Tengo fe en que tú también lo serás. No me decepciones.

—No lo haré.

Carol se metió en casa y la chica, algo más ilusionada, siguió practicando con la espada. Sin embargo, llegó un punto en el que comenzó a sentirse espiada.

—Ahm... ¿hola?

Nadie respondió. A esas horas de la mañana, la calle estaba vacía. Sin embargo, en lo más profundo de su interior, podía sentir cómo una presencia la observaba detenidamente.

—(Serán cosas mías).

X

Cuando Julia despertó, no logró ver nada más allá de la sucia y poco iluminada celda en la que se encontraba. En ella solo había una cama usada, marcas de presos en las paredes y un polvoriento espejo roto, aparentemente de un violento puñetazo. Confusa, cerró los ojos durante diez segundos. Cuando los volvió a abrir, un imponente hombre había aparecido delante de ella.

—Pa-padre...

—Hola, Nate.

El Rey Heidfrig se encontraba allí mismo, observando el espejo roto con una decepcionada mirada.

—¿Sabes quién rompió este espejo?

—Esto... n-no...

—Fue un preso *lixoísta*. Lo ejecutamos por ello.

—¿Solo por eso...?

—Bueno, digamos que fue un aliciente. Fue un error descargar su rabia sobre mis bienes materiales, ¿no crees?

—...

Heidfrig dejó de mirar al espejo para observar fijamente a su hijo.

—Catorce años han pasado. Catorce años, y... no, no puedo decir que no hayas cambiado. Pero sigues sin parecer un hombre como lo es tu padre. ¿Qué hay de Viktor? ¿Qué es de él?

—Está... bien. Está en casa.

Heidfrig soltó una pequeña carcajada por lo bajo.

—¿D-de qué te ríes...?

—Ja... disculpa, disculpa. Es solo que me hacen gracia los mentirosos que no saben mentir.

—¿Qué?

—Tu hermano ni está en casa ni está bien. Hemos registrado vuestro sucio apartamento, y hemos encontrado vuestro pequeño salón de juegos. Dime, pequeño... ¿os lo pasáis bien experimentando con Esencia Púrpura? ¿Os lo pasáis bien violando la ley?

—No... yo...

—Hasta que tu hermano no suelte información sobre cómo la fabrica, ninguno de vosotros volveréis a ver la luz del sol. Él morirá víctima de una tortura fría y lenta a manos del mejor cazarrecompensas de Valis mientras que tú perecerás de una inanición, pues no pienso darte un solo mendrugo de pan. Reza porque tu hermano se trague su orgullo y suelte la información. ¿Te querrá lo suficiente como para hacerlo?

El Rey apagó la poca iluminación que había y dejó sola a la confusa joven, con la única compañía de una mustia flor en una esquina.

—(Por mucho que intente ocultarlo, todavía le ciega el rencor. ¿Por qué tuvieron que torcerse las cosas? Éramos tan felices...)

X

—Bien, bien, ¡así sí! —Exclamó Carol, quien había salido de nuevo al jardín—. Cuando quieres, aprendes rápido. Si por mí fuese, me encargaría de esta misión, pero bueno, ya sabes... la edad no perdona.

—Lo sé. Pero no te preocupes, abuela. Entrenaré lo que sea necesario y tarde o temprano encontraré a padre.

—Me parece bien. Pero los descansos también son importantes, ¿sabes? Anda, para un poco.

La joven soltó la espada al instante.

—Ufff... —jadeó—. Voy a echarme un buen ra...

—Ah, no, no. Tú a hacer la compra.

—Oye, ¡que la edad todavía te perdona para hacer eso!

—¡Ay...! ¡Mi cadera, me duele...! ¡Sería una pena que necesitase reposo hasta la hora de comer...! —fingió la anciana mientras se metía en casa.

—¿Pero qué? Ugh... en fin.

Y así fue. Después de una ducha rápida y de cambiarse de ropa a una más informal, salió a hacer la compra. Solo había pasado un día desde la última vez que caminaba por aquella transitada calle; sin embargo, su pensamiento había cambiado por completo. Ya no se sentía tan perdida y desesperanzada, pues al fin tenía claro lo que hacer. Se dirigió entonces a la taberna de la aldea a paso animado. Le encantaba aquel ambiente; uno de puro jolgorio en el que varios grupos de amigos compartían, entre sonoras risas y una animada música de fondo, anécdotas y vivencias mientras disfrutaban de una buena jarra de cerveza u otra bebida alcohólica.

—¡Pero bueno, Nikko! —Saludó el tabernero—. ¿Cómo tú por aquí?

—Buenos días, Gerard. Simplemente quise darme un pequeño capricho.

—¡Ja, ja, ja! ¿Entonces por fin te animas a probar el alcohol?

—Ah, no. Me conformo con una Lux—Cola.

—¿Eh? ¿Y a eso lo llamas capricho? ¡Ja, ja, ja! ¡A ver cuándo das el paso, pequeña! Si alguna vez visitas a mi hermano Wago, me encargaré personalmente de que te convenza. El tío no es mu' agraciao', pero tiene buena labia con las mujeres.

Mientras la joven tomaba la Lux—Cola en la barra, no dejaba de pensar en el futuro. Quizá entrenar no fuera suficiente. Necesitaba algo más. Algo con lo que poder seguir atando cabos para confirmar que era Valis el responsable del secuestro de su padre.

—(Quizá debería...)

Una repentina situación en el local la desconcentró completamente. La encargada, una joven ciega, se chocó contra un hombre mientras repartía bebidas, provocando en este una gran alteración.

—¿Pero qué?

—¡Lo—lo siento! ¡Lo siento, lo siento! —Exclamó la muchacha mientras sacaba un paño de su bolso.

—¡No me toques con eso!

El hombre apartó la mano de la chica bruscamente.

—¡Señor, lo siento! ¡Yo...!

—¡Esto es una vergüenza! ¿Una camarera ciega? ¡¿Pero qué lugar es este?!

—Puede que Edelynn no vea, pero os aseguro que tiene el resto de sentidos más agudizados que vos —respondió un chico que se encontraba sentado en una mesa.

—No te metas, niñato.

El joven se levantó, y, sin ningún miedo y esbozando una amable sonrisa, se puso delante del enfadado varón.

—¿Me habéis llamado niñato?

—Sí. ¿Quieres acabar sin dientes o qué?

En cuanto el hombre vio cierto símbolo en el traje del chico, su rostro cambió casi al instante, pasando de ser uno orgulloso a uno notablemente aterrado y arrepentido.

—E-eh...

—¿Qué pasa? ¿Por qué el cambio de...? Ah, ya... vaya, sois observador. ¿Seguís queriendo repetir ese improperio hacia mi persona? No os lo recomiendo.

—N-no... yo... ¡lo siento!

—No me pidáis perdón a mí. Pedídselo a Edelynn. Ahora.

Hubo algo en aquel muchacho que le llamó la atención a Nikko. No solamente el detalle de que tratara de "vos", sino el detalle de que su rostro no cambió en ningún momento de la conversación; aquella sonrisa, aparentemente amable y sin ningún indicio de maldad, se había mantenido desde el principio hasta el final.

—Pe—perdón. Ya... ya está. Adiós.

Se marchó a paso rápido.

—Gracias, Celeus... —agradeció la camarera.

—No hay de qué. Somos amigos, ¿no?

Después del suceso, Nikko no le prestó mucha más atención y volvió a fijar su mirada en la bebida.

—Vaya panorama... —Dijo Gerard por lo bajo—. Disculpa el numerito, Nikko.

—No pasa nada. Como decía mi padre, maleducados hay en todas partes. A propósito, nunca había visto a una camarera ciega. Bueno, tampoco es que haya visto a muchas... no he salido nunca de Nueva Naila.

—Edelynn es talentosa. Yo también desconfiaba al principio, pero en un solo día se aprendió dónde estaba cada mesa y cada bebida. Me quedé completamente a cuadros. Todo el mundo tiene talentos, ¿eh?

—Supongo...

Unos minutos más tarde, Celeus se sentó al lado de Nikko.

—Buenas —saludó.

—Hola. Celeus, ¿verdad?

—Sí. Siento el espectáculo... pero no puedo evitarlo. Detesto las injusticias.

El chico parecía tener la edad de Nikko y era bastante apuesto; tenía el pelo corto, rubio y los ojos verdes. Vestía con ropa casual, parecida a la de un comerciante. Pero había ciertos detalles que destacaban, como franjas amarillas en los laterales o el símbolo por el que se asustó el hombre, el cual era una "X" con la punta inferior derecha doblada hacia arriba.

—No, no, has estado muy bien.

—¿De verdad lo creéis? Qué alivio.

—Sí... por cierto, no es necesario que me trates de "vos". Eso es para los...

—Para los reyes, ciertamente. Te pido disculpas. Dime, ¿cómo te llamas?

La chica se terminó su bebida.

—Vaya... ya no me queda. ¡Ah! Disculpa, ¿qué decías? Lo siento, a veces me distraigo con la más mínima tontería.

—No te preocupes. Te preguntaba que cuál es tu nombre.

Lo cierto es que Nikko no se había distraído sinquerer, sino que había sido una táctica para ganar tiempo y tener más segundos para pensar si era lo correcto decirle su nombre real o no. Al fin y al cabo, era un completo desconocido al que no había visto nunca, y la pequeña "X" en el lateral superior derecho de su traje no podía evitar causarle cierta intriga. Pero finalmente cedió.

—Soy Nikko. Es un placer.

Los ojos del muchacho se abrieron de par en par por unos instantes, y, seguidamente, volvió a esbozar su amable sonrisa.

—¿Nikko? Qué nombre tan bonito. No lo había oído nunca. Yo soy Celeus, como ya habrás oído antes. Ah... ¿puedo hacerte otra pregunta? Tampoco quiero incomodar, es que...

—No, no, tranqui. Adelante.

Celeus carraspeó y cambió su rostro a uno algo más serio.

—Ten en cuenta que sabré si me mientes, ya que conozco la verdad. Eres una Guerrera Elemental, ¿verdad? —Preguntó en voz baja, a sabiendas de que, aunque no fuera una gran ciudad, podía haber infiltrados.

Nikko quedó en shock.

—E-esto...

—No te pongas nerviosa, no vengo a hacerte daño ni nada parecido. Pero sí quiero que, a cambio de mi silencio, me ayudes con mi cometido. No me gusta decir esto, pero, si no accedes a ayudarme, haré saber tu ubicación a Valis. Y no queremos eso, ¿verdad? —Preguntó con una sonrisa mientras posaba su mano sobre la de la nerviosa joven.

—N-no...

—Bien. Estoy buscando un lugar llamado "Las Ruinas de la Luz". Ahora entiendes por qué acudo a ti, ¿verdad? ¿Quién mejor que tú para ayudarme?

Nikko tragó saliva.

—Pe-pero yo no... yo no sé dónde están esas ruinas...

—No te preocupes, de eso me encargo yo. Por algo soy explorador. Tú solo tendrás que hacer lo que yo te diga. ¿Aceptas?

—...sí.

Aunque no lo mostrara debido a su estado de nervios, por dentro bullía una gran rabia.

—Perfecto. Vamos, cálmate un poco. Para que veas que no mentí con lo de que detesto las injusticias, haremos un trato. Dime, ¿tienes sueños? ¿Algo por lo que luches día a día con anhelo e ilusión? Antes de responder, recuerda que sabré si mientes.

—Quiero encontrar a mi padre... desapareció hace seis años...

—Un objetivo más que loable. Pues hagamos un pacto; yo te ayudo a encontrar a tu padre, y tú me ayudas a encontrar las Ruinas de la Luz. ¿Te parece?

—...

—¿Nikko?

—Que sí, que sí... está... está bien.

—¡Bien! Pues nos vemos. Espero verte de una pieza en nuestro próximo encuentro —le susurró al oído antes de marcharse del local.

—...

X

Viktor despertó aturdido y con la visión borrosa. Cuando recuperó medianamente la consciencia, le dio un ataque de ansiedad al darse cuenta de que se encontraba encerrado en una taquilla metálica que no tenía más espacio que el de su cuerpo, sumando un par de centímetros. Completamente fuera de control y a pesar de todo el dolor físico que sentía, comenzó a golpear la puerta, intentando salir.

—Por Dios, cállate... —se quejó alguien al otro lado de la desgastada taquilla.

—¡Sácame de aquí! ¡Por favor! ¡Por favor, ayúdame!

—¿Por qué? Se me va a enfriar el café.

—¡Por favor! ¡Por favor, ayuda! ¡AYUDAAAAA!

El hombre, molesto, abrió la puerta de la taquilla y le lanzó el café hirviendo a la cara, provocando que el chico cayese al suelo mientras gritaba de dolor.

—Qué ruidoso... una pena que no pueda pegarte un tiro y dejarte aquí.

Cuando Viktor pudo ver de nuevo con relativa nitidez, observó a la persona y no tardó ni dos segundos en reconocerla.

—T-tú...

El hombre, aparentemente adulto y de figura tan esbelta como imponente, tenía los ojos marrones y una corta y cuidada barba marrón. Vestía con ropa casual, y agarraba un pesado maletín negro.

—Oh, ¿me conoces? Qué bien. Un motivo más para pegarte ese ansiado tiro. Como ya sabrás, soy Ion Kasar, el cazarrecompensas más temido de Valis —dijo, disfrutando la presentación—. Un gusto conocerte, Viktor Heidfrig. Vamos a divertirnos mucho juntos.

Ion comenzó a acariciar el maletín mientras miraba al chico con una sonrisa.

—¿Qué... es eso...?

—¿Qué pasa? Son mis juguetes. Te dije que nos divertiríamos.

El cazarrecompensas cogió una silla y se sentó delante del joven mientras acariciaba una pistola eléctrica extraída del maletín.

—Bien. Te haré una serie de preguntas. Por cada respuesta que no sea de mi agrado, recibirás un simpático estímulo. Un pequeño calambre, ya me entiendes.

—¿A qué potencia...?

—A la que me salga de las putas pelotas.

Viktor tragó saliva.

—Bien, muchacho. Comencemos. ¿Has trabajado con Esencia Púrpura?

—...

—Tardas mucho —disparó—. Por Dios, no grites tanto... te he dado con la potencia mínima. Vale, segundo intento. ¿Has trabajado con Esencia Púrpura?

—¡...!

Ion levantó el arma de nuevo.

—¡Sí! ¡Sí, lo he hecho, lo he hecho!

—Así me gusta. Lo hiciste a sabiendas de que estabas violando la ley, ¿verdad?

—S-sí...

Ion soltó una pequeña carcajada.

—Un chico travieso, ¿eh? Me recuerdas a mí con tu edad. La diferencia es que yo no jugueteaba con cosas de las que no conozco ni su riesgo ni su procedencia y que pueden dañar a personas inocentes. Aun así, sí que me salté la ley un par de veces. Y ahora trabajo para ella a la vez que me escondo de la moralidad que esta debería impartir. Paradójico, ¿verdad? ¿O debería denominarlo como un acto hipócrita? Bah... al final, la etiqueta no importa. Dime, Viktor. ¿Quién crees que es el villano aquí? ¿La ley o yo? Es algo que me solía quitar el sueño cuando tenía tu edad.

—¿L-la ley...?

—Ñec —disparó.

—¡T—tú! ¡Tú, tú!

—Ñec —volvió a disparar, esta vez a una mayor potencia—. No existen los villanos. Tampoco los héroes —explicó en voz alta mientras Viktor gritaba de dolor en el suelo—. Los términos "bondad" y "maldad" no son más que conceptos creados por el ser humano para clasificar y etiquetar lo que les parece moralmente correcto y lo que no, siguiendo como borregos un absurdo constructo social que les va carcomiendo poco a poco. Yo prefiero decir que... yo prefiero decir que tan solo hay monstruos con diferentes motivaciones. Oh, por Dios, ¡cállate! ¡Estoy explicando algo interesante!

El hombre, enfadado, disparó con la potencia máxima que permitía el arma, dejando al muchacho consciente pero incapaz de hablar ni de moverse durante un buen rato.

—Ah... quizá tienes razón. Estás muerto de miedo, no puedes escuchar mis interesantes lecciones así. Necesito que te calmes. Que comience el juego, pues.

X

La Guerrera salió de la taberna, todavía bastante confusa e impotente.

—¡Nikko! ¡Eh, Nikko!

—¿Oh?

Harold voceaba el nombre de la chica desde la lejanía. Ya no era jueves, pero seguía en su puesto de pescados saludando enérgicamente.

—Ha-Harold... ya no es jueves.

—Lo sé, pero me han permitido quedarme un día más. En fechas festivas, esto es una fuente de dinero. Me gustaría pasar esta noche con mi familia, por lo que no tardaré mucho en irme. Oye oye, estás temblando. ¿Qué te pasa?

Nikko intentó ocultarlo tan rápido como pudo.

—¿Qué? No... no estoy temblando.

—No me mientas, Nikko. Te he visto. Vamos, sabes que no tienes por qué mentirme.

La joven suspiró profundamente y, sin poder evitarlo más, derramó una lágrima.

—Me han extorsionado.

—¡¿Qué?!

—¡Por favor, tranquilo! Todo... todo está bien. Alguien ha entrado al bar de Gerard y ha hablado conmigo. Él sabe que soy la Guerrera Elemental de la Luz, y me ha dicho que su silencio será a cambio de que le ayude con un favor...

—¿Qué favor?

—Que le ayude a encontrar las Ruinas de la Luz.

Harold no tardó en quedar estupefacto.

—Ese lugar... oh, mierda.

—¿Qué ocurre...?

—No, nada. No te preocupes, ¿vale? Ese tipo no te molestará más.

Nikko se mostró molesta de repente, como si se hubiera hartado de algo en concreto.

—No necesito que me defiendas.

—¿Qué? Oye, no iba con intención de...

—¡No necesito que me defiendas! ¡Estoy harta de que todos me toméis como a una debilucha!

—¡No es eso, joder! ¡Nikko, espera!

La muchacha echó a correr a la casa de su abuela. Indignada, entrenó sin parar hasta que cayó la noche. Carol la observaba de vez en cuando por la ventana; sin embargo, ya no sentía lo mismo que por la mañana. Ya no veía a una joven golpeando al aire inexpertamente para aprender y poder defender a los suyos. Lo que veía ahora era a una joven susceptible y enfadada, golpeando sin pensar y presa de la furia por las palabras del pescadero.

—Viejo estúpido... te demostraré que puedo hacerlo. Os lo demostraré a todos. Os lo demostraré, os lo demostraré, ¡¡¡OS LO DEMOSTRARÉ!!!

—¡Nikko, basta!

Carol salió a toda prisa y detuvo sus golpes al aire, los cuales iban siendo más furiosos cada vez.

—¡¿Qué te ocurre?! ¡Estás voceando cual becerro!

La chica cayó de rodillas al suelo, jadeando junto a su sudada espada.

—Abuela... ¿tú crees en mí? —Preguntó aceleradamente.

—¿Qué pregunta es esa? ¡Ya te dije que sí, badulaque! De todos modos, cariño, no puedes depender de eso. Debes saber seguir adelante sin la aprobación del resto. ¡Incluso con el odio del resto!

—Pero abuela...

—Escúchame. Siempre habrá gente que no creerá en ti. Absolutamente siempre —respondió mientras le limpiaba el sudor y las lágrimas con un pañuelo—. Al igual que siempre habrá gente que te odie. Eso es ley de vida, chiquilla. Debes madurar y aceptarlo.

—Lo sé, pero...

—Tche, tche. Sé que cuesta. Pero respóndeme a una pregunta. ¿Por qué entrenas?

La joven dudó unos instantes.

—Para ser fuerte y encontrar a papá...

—Entonces no entrenas para recibir la aprobación del resto, ¿no? Pues no te desanimes si no te la dan. La aprobación que más vale siempre es la de una misma, querida. Nuestra mente siempre será nuestra mayor y más leal compañera, ya que será la única que nunca nos fallará. Sin embargo, también será nuestra mayor enemiga, ya que será ella la que creará nuestros problemas. Debes encontrar el equilibrio. La forma de convivir con tu mente y procurar que nada te importe; sólo tú y tus fines. Nada más.

Nikko cerró los ojos, contó hasta diez y esbozó una sonrisa.

—Sí. Encontraré ese equilibrio. Gracias, abuela.

—Estoy deseando verlo. ¿Y bien? ¿Qué harás ahora? No me vale una respuesta relacionada con la dichosa espada. De hecho, deberías darte una ducha. Apestas cual mofeta.

—Lo haré, y después iré a ver a Harold. Creo que le debo una disculpa. Deberías meterte en casa, abuela. En diez minutos serán las doce de la noche y perderás la visión.

Un rato después, la joven ya se encontraba caminando por la vacía y fría calle.

—(Harold y la abuela tienen razón. Quizá sí que me porto de forma muy impulsiva. He de corregir eso si quiero volverme más fuerte).

X

"No te daré un solo mendrugo de pan". Aquella frase le generaba una incertidumbre asesina a Julia. Lo único que deseaba en esa oscura y abandonada celda era que su hermano revelase la fórmula de la Esencia Púrpura. Sin embargo, si lo hacía, todo terminaría. Absolutamente todo.

—(Quizá incluso vaya a peor... quién sabe de lo que son capaces esos bárbaros si descubren cómo crear la Esencia).

Una pequeña antorcha volvió a encenderse y el rey entró en la celda, aturdiendo a la joven con la luz y asustándola con su mera presencia.

—Ho-hola...

—Tu asqueroso hermano comienza a hablar. Todavía queda hacerle la pregunta del millón, pero todo marcha sobre ruedas. Créeme, chico. Ion no está haciendo ni un uno por ciento de lo que es capaz. Digamos que le he pedido que se relaje un poco. Espera... ¿estás temblando? ¿Te doy miedo? —Preguntó mientras sacaba un látigo.

—Gu-guarda eso...

Casi al instante de recibir esa orden, Heidfrig sufrió un salvaje ataque de ira y golpeó repetidas veces sin piedad a la joven.

—¡Deja de gritar! —Ordenaba mientras golpeaba a su hija, provocando que gritara hasta casi romperse la voz—. ¡Hijos de puta, merecéis que os mate! ¡¡¡MERECÉIS QUE OS MATE!!!

—Lo... lo siento... nunca... quisimos hacerlo... —se disculpó la chica con la voz quebrada y el cuerpo repleto de heridas.

—Vuestras disculpas no pueden devolvérmela.

El hombre apagó la antorcha y salió de la celda a paso rápido.

—(Viktor... por favor, sácame de aquí...)

IV
UN GRAN HOMBRE

Nueva Naila es víctima de una tragedia y Nikko toma decisiones impulsivas. Viktor pone todo en juego con tal de escapar y llegar hasta Julia.

El frío se intensificaba en Naila a la vez que el viento comenzaba a arreciar. Las calles estaban vacías ya, por lo que Nikko y Harold podían hablar sin tener que apartarse a un alejado callejón.

—¡Harold! Qué suerte que todavía estés recogiendo.

—¿Nikko? ¿Qué te trae por aquí tan tarde? Ya no queda nadie por las calles. Lo siento, pero no vendo más pescado hasta la semana que viene. Los de arriba no me han permitido ni un solo día más.

—No, no es nada de eso. Venía a disculparme por lo de antes. No me porté bien contigo. Solo intentabas defenderme, y... ah... quizá tengáis razón y sea débil.

—No te preocupes por eso. Sí, eres débil, pero te lo digo porque te quiero y quiero que mejores. Y sé que lo lograrás. Tienes potencial, niña.

—Gracias. Pues... pues era eso. Nos vemos la semana que viene.

—De acuerdo. Suerte, Nikko. Estoy deseando verte convertida en una gran Guerrera, al igual que lo fue tu padre.

Nikko se dio la vuelta, algo más tranquila. Pero esa calma no duraría mucho. En concreto, hasta que alzó la mirada a lejana colina del horizonte.

—Harold, ¿qué es eso?

—¿El qué?

El hombre se puso unos prismáticos y dirigió su mirada al lugar que le había indicado la Guerrera. Su rostro no tardó en pasar a uno extremadamente horrorizado, inquietando a la chica.

—¿Harold? ¿Y esa cara?

—He—Heidfrig... serás cabronazo... —titubeó, nervioso.

—¿Heidfrig? ¿De qué hablas?

—¡Nos invaden! ¡Estamos bajo ataque Saag!

—¡¿Qué?!

Harold disparó una bengala roja al cielo, causando un estridente pitido que resonó por toda la aldea.

—¡Nikko, ve a por Carol! ¡Yo me encargo de la evacuación!

—¡Pero...!

—¡No hay tiempo! ¡VAMOS!

La joven obedeció, confusa. En cuestión de unos instantes, las vacías calles se habían llenado de gente en un ruidoso pánico.

—¡Abuela! ¡Abuela, despierta!

El suelo comenzó a temblar ligeramente, augurando el ejército de Saag que se acercaba.

—¡ABUELA! (No entiendo nada. No entiendo nada, no entiendo nada, ¡no entiendo nada! ¡¿Qué debo hacer?! Si por lo menos pudiera...)

Entonces, se dio cuenta de que su espada se encontraba allí mismo, fuera de su vaina y apoyada en la pared.

X

—Te preguntaría que qué opinas sobre lo que te acabo de contar acerca del bien y el mal, pero creo que me he pasado y no vas a poder hablar durante un ratillo. Qué faena... me aburro mucho ahora mismo. Pero seguro que no tanto como tu hermano en esa celda. ¿Cuánto tardará en morirse de hambre? Apostemos. Yo digo que semana y media. Meh, no. Viendo lo enclenque que es, le echo seis días.

Viktor no podía reaccionar. Sin embargo, su interior sí estaba en constante reacción; su corazón bullía una rabia inimaginable.

—Espera, sí que conozco la respuesta. Tardará lo que tardes tú en responder.

—Hijo... hijo de puta...

—Anda, si ya hablas. Genial. ¿Me responderás ahora?

—No toquéis a mi hermana... ¡OS VOY A DESTROZAR!

El chico, cegado por la rabia, logró levantarse, cogió el maletín y se lo lanzó a la cabeza con brusquedad, causándole tanto reacción como daño nulos.

—¿Qué intentabas con eso?

—Na-nada... y-yo...

—Ya te lo he dicho. Ahí dentro están mis juguetes. Voy a comprobar si están todos en perfecto estado. Si detecto el más mínimo rasguño en alguno de ellos, te arrepentirás.

El hombre abrió el maletín. El muchacho, quien sudaba y temblaba de los nervios que la situación le provocaba, pudo ver qué eran realmente esos "juguetes"; no eran más que armas de tortura manchadas de sangre seca.

—Los alicates...

—¿Q-qué ocurre con los alicates...?

—Están rotos. Mira —los partió a la mitad.

—¡Pe—pero si has sido...!

Ion agarró al chico del pelo y lo arrastró a la fuerza al exterior subiéndolo por unas escaleras. Entonces se dio cuenta de dónde se encontraba; el lugar era un búnker situado en medio de un inmenso desierto en el que no había absolutamente nada más que arena. El cazarrecompensas lanzó al chico contra el suelo, se metió en el búnker, y, cuando salió, le lanzó una pala a la cabeza.

—Cava.

—¿Qué...?

—He dicho que caves.

Viktor entendió enseguida por qué lo decía.

—Por favor, no... —suplicó entre desesperados sollozos.

—Cava o te desfiguraré la cara con los alicates que me has roto. Dime, ¿qué prefieres? ¿Morir lentamente y sin dolor? ¿O morir rápido pero sufriendo lo que no está escrito? No te quejes de tus privilegios. No debería ni dejarte elegir.

—Por favor, no volverá a ocurrir... no...

—Por supuesto que no volverá a ocurrir, porque vas a morir aquí. Cava de una puta vez, los gusanos se están impacientando para devorar tu apestoso cuerpo.

—...

Mientras el chico cavaba, no podía dejar de pensar en demasiadas cosas a la vez. ¿Por qué había pasado esto? ¿Qué había hecho mal?

—(Julia... lo siento).

Entonces, en un último anhelo de esperanza, recordó algo. A una gran velocidad, le devolvió la pala a la cabeza y entró al búnker.

—¿Pero qué? Ah, ¡ya veo! Eliges morir rápido, ¿no es así? Es entendible. Yo también pref... ¿eh? ¡No!

Cuando Ion entró en el búnker, quedó completamente paralizado. Viktor había recordado que en aquel maletín de tortura, además de las armas, también había una muestra de Esencia Púrpura, por lo que la cogió y se colocó la punta de la jeringuilla a un milímetro del brazo.

—Un paso más, pedazo de mierda. Un paso más y te devoro vivo.

X

—¡Nikko, Carol! ¡Aquí! ¡Los Saag han entrado en el pueblo! ¡Rápido, buscad un caballo!

—¿Qué? ¡¿Vamos a escapar?! —Exclamó la muchacha, indignada.

—¡Evidentemente, joder! ¡Busca un puto caballo o nos van a devorar!

—No. No, ¡por supuesto que no! ¡No pienso abandonar la aldea así como así! Abandonad vosotros. ¡Yo soy una Guerrera!

—¡Nikko, por favor! ¡Nuestras vidas están en juego! ¡La vida de tu abuela está en juego, por Dios! ¡Eres una Guerrera, pero no sabes luchar!

—¡Voy a demostrarte que no soy una debilucha! —Respondió antes de salir corriendo hacia los infames seres.

—¡No! ¡Vuelve aquí, imbécil! ¡¡AAAAGHHH!! ¡¡¡NO HAS APRENDIDO NADA!!!

—¡Pescadero, solo nos queda confiar en ella! ¡Salgamos de aquí, por favor! ¡Los gritos de esas cosas me empiezan a molestar!

Harold intentó escapar junto con Carol. Sin embargo, y como ya esperaba, las cosas no salieron del todo bien; un Saag les cortó el paso.

—(Mierda...) —pensó nervioso mientras echaba la vista a su alrededor.

Toda la aldea había sido infestada de Saag y ardía en llamas, y lo único que se escuchaba eran derrumbes y gritos de auxilio y dolor.

—¡Carol, no te alejes de mí!

El hombre, aprovechando que el Saag que tenía en frente era humanoide, bípedo y de su misma altura, se lanzó a pelear contra él. Era negro, viscoso y extremadamente delgado. Los ojos no se le veían y tenía tres bocas repletas de afilados colmillos.

—¡No me subestimes, monstruo! Aunque sea un simple pescadero, ¡yo también sé luchar! —Exclamó mientras se colocaba dos luminosos y resistentes puñales en los que estaba grabado el nombre "Baido"—. Es hora de quitaros el polvo, pequeñines.

A pesar de sus torpes e inexpertos movimientos, Nikko había logrado acabar con tres pequeños Saag, salvando así a unos pocos civiles.

—(Esto comienza a agotarme... ¿tan poca resistencia tengo? No puede ser... ¡no puede ser!) —Pensó, jadeando mientras observaba el caos de la aldea—. (No puedo hacer esto sola. Son demasiados... he de volver con Harold. Tenía razón, ¡hay que huir!)

Cuando se dio la vuelta para regresar con Harold, un Saag le agarró el hombro. Este no era como los pequeños a los que acababa de derrotar; era extremadamente alto y delgado, y poseía unas garras que parecían capaces de cortar cualquier cosa.

—(¡No...!)

El viscoso ser intentó golpear a la joven con las grandes garras, pero esta logró esquivarlo a tiempo, cayendo al suelo y quedando bastante alejada de su espada.

—(¡Mierda!)

Cuando se levantó para ir a cogerla, otro enorme Saag la pisó, partiéndola en dos. Nikko quedó paralizada. Sin su espada, no era nadie en el campo de batalla. No podía luchar.

Varios Saag aprovecharon su debilidad y la rodearon, formando un círculo. Había de todas las formas y tamaños; desde enormes, lentos y con cinco bocas hasta diminutos, ágiles y con ocho ojos colocados de forma completamente aleatoria. Desesperanzada, cayó de rodillas. Los estridentes gritos la abrumaban cada vez más, provocándole un insoportable estrés y un incesante pitido en los oídos.

—(Se acabó... ¡se acabó...!)

—¿Ya? ¿Tan pronto?

En un último anhelo de esperanza, su padre apareció delante de ella en una inesperada visión.

—¿Padre...?

—Definitivamente no has aprendido nada. ¿De qué ha servido mi ausencia?

—...

—Me decepcionas. Es tu primera batalla y no has tardado ni quince minutos en rendirte. No esperaba que fueras tan inútil.

—No soy... inútil.

—Si dependes de tu espada para ganar, tarde o temprano caerás. Tu mayor aliado eres tú misma, no un trozo de metal. Explora tus posibilidades como Guerrera de la Luz. ¡Explóralas y explótalas!

Nikko rompió a llorar en silencio. Baido cerró los ojos y negó lentamente con la cabeza.

—Hazme un favor y sobrevive.

—¡Padre, espera...!

El hombre desapareció lentamente. A pesar del dolor de piernas que le había provocado la caída, la joven se levantó y miró con rabia a los Saag que la rodeaban. Mientras tanto, Harold iba perdiendo la batalla contra el Saag. A pesar de los duros golpes que le asestaba, el viscoso cuerpo del monstruo se regeneraba al instante.

—(Joder, ¡a este paso no aguantaré más!) ¡Carol, nos largamos!

—¡Pescadero! ¡¡Pescadero, ayuda!!

Cuando Harold volteó la mirada hacia la anciana, tres Saag la habían rodeado.

—¡NO!

Cuando quiso correr para socorrerla, el Saag contra el que estaba peleando le retuvo con fuerza.

—¡Suéltame! ¡SUÉLTAME, CABRÓN!

Mientras se intentaba soltar, los Saag comenzaron a devorar a Carol.

—¡Harold...! —Gritó la anciana mientras la asesinaban.

—¡¡¡SUÉLTAMEEEEEEEEEEE!!!

Dotado de una repentina y potente furia, logró librarse del Saag. Dándose cuenta de que no podría matarlo como a un humano normal, introdujo los dos puñales en su viscoso interior y lo abrió en canal bruscamente, provocando una lluvia de sangre y vísceras e impidiendo así que se regenerase de nuevo. Seguidamente y sin pensarlo dos veces, corrió hacia Carol y lanzó por los aires a los tres delgados Saag que la atacaban. Pero ya era tarde. El desangrado era imparable.

—¡Carol! ¡Joder, no! ¡Resiste, por favor! ¡Solo un poco más!

—Harold...

—¡Carol! ¡Carol, por favor! ¡Aguanta! ¡Por favor, no te...!

—Shhh... moriré... moriré sin cumplir mi último deseo. No podré abrazar a mi hijo una última vez. Por favor... encárgate de la pequeña. Por muy inmadura que sea... debes... debes creer en ella. Encontrad a Baido...

—Carol...

—Tranquilo... —tosió sangre—. Moriré feliz, porque, aunque no pueda cumplir un deseo, cumpliré otro... y es que me podré volver a reunir con mi amado allí arriba. Adiós, Harold. Siempre fuiste un gran hombre.

Unos instantes después, Carol perdió poco a poco la fuerza en los brazos y falleció. Harold no podía creerlo. Su mente comenzaba a estar en blanco. Como en esos momentos en los que están pasando tantas cosas a la vez que tu cerebro decide desconectar y, simplemente, luchar. No lloras, no maldices a nadie. Simplemente, luchas. Luchas hasta el final, no con intención de ganar, sino con intención de morir en paz.

—(Me lo vais a pagar. Todos. Aunque sea lo último que haga) —se dijo a sí mismo, jadeando, mientras se posicionaba para enfrentarse a los tres enormes seres que habían acabado con la vida de Carol. Pero justo cuando iba a lanzarse a luchar, un intensísimo haz de luz al otro lado de la aldea desvió su atención.

—¿Eh?

X

—¡Idiota! ¡Suelta eso!

—Vaya, ¿ahora eres tú el que tienes miedo? ¡Un paso más y te juro que...!

Ion dio un paso.

—¿Qué me juras? No eres capaz de transformarte.

—Por mi hermana soy capaz de convertirme en un monstruo, ¡a si que no te acerques!

Ion dio otro paso.

—¿De veras? Qué miedo. Cobarde de mierda, no...

—Te avisé.

Viktor se inyectó la Esencia Púrpura en el brazo.

—¡NO! ¡IDIOTAAAAAA!

La transformación provocó una explosión en el búnker que hizo que Ion saliera disparado contra una estantería, quedando sepultado por los numerosos libros y herramientas que había en ella. Cuando la metamorfosis finalizó, el Saag levantó la cabeza. Todo el lugar se había llenado de humo, por lo que lo único que podía vislumbrarse ligeramente era la salida.

—Sé que sigues vivo. Podría esperar a que el humo se disipe y devorarte, viejo. Pero no voy a perder el tiempo. Antes que matarte, priorizaré el ver a mi hermana de nuevo. Pero reza... reza porque no nos volvamos a encontrar, porque, como ocurra, me daré el banquete de mi vida.

El chico salió del búnker, reduciendo automáticamente el tamaño de su gran cuerpo. Nada más pisar el exterior, observó sus manos y su cuerpo, iluminados únicamente por la luz de la luna. Se había convertido en un Saag humanoide, negro y viscoso con grandes garras, numerosos colmillos y la cabeza alargada. No tenía ojos; sin embargo, podía ver, aunque con un tono ligeramente más apagado. En detrimiento de esto, su visión poseía ahora un localizador térmico que le indicaba dónde se encontraba el núcleo de población más cercano.

—(Me he convertido en un monstruo... pero, si así puedo salvarte, habrá valido la pena. No tardaré, Julia).

$\mathcal{X}$

Un intensísimo haz de luz proveniente de la otra punta de Nueva Naila desvió la atención de Harold.

—(¿Eso es...?)

En menos de lo que dura un pestañeo, alguien cogió a Harold y lo alejó de esos tres Saag, transportándolo a un extremo seguro de Naila.

—¡¿Nikko?!

La joven estaba empapada de sangre de Saag y no respondía. Apenas unos instantes después, cayó desmayada.

—(Qué velocidad .. a saber a cuántos se ha cargado. Ha despertado una Esencia. No... la Esencia la ha despertado a ella).

El hombre aprovechó y tomó un caballo de un establo que todavía no había sido asaltado. Rápidamente, montó a la muchacha en él, se subió y comenzó a cabalgar mientras se alejaba de lo que un día fue una aldea feliz. Unos minutos después, Nikko despertó, pero no reaccionó. Solamente sabía que estaba alejándose de la aldea. De la misma aldea que un día había sido su fuente de júbilo, y que ahora, tras haber sido abandonada por el Gobierno de Valis, ardía ferozmente junto con aquel hermoso e inspirador campo.

—(Abuela... lo siento).

No podía mirar atrás. A pesar de lo impotente que se sentía, no era capaz de voltear la mirada y de ver a Nueva Naila ardiendo. Lo único que sus humedecidos ojos permitían que observara era la espalda de Harold, quien cabalgaba tenso e inexpresivo bajo el estrellado cielo. Pronto perdieron el pueblo de vista, y la joven cayó dormida de nuevo.

—¿Nikko? (Ah... se ha dormido. Yo no creo que pueda pegar ojo en el refugio. Si han arrasado Nueva Naila, supongo que también se habrán llevado por delante a las aldeas vecinas. Joder... todo esto es mi culpa. Baido... te prometí que la entrenaría. Te prometí que la haría una mujer fuerte, una mujer digna de ser tu hija. Si lo hubiera hecho, quizá habría salvado a la aldea... pero también tengo familia e hijas. No puedo ocuparme de todo a la vez... ¡joder! ¡Perdóname, Baido! Donde quiera que estés, ¡perdóname, por favor! ¡Te prometo que no fallaré en mi promesa! ¡Me quedaré a su lado hasta el final! ¡Me quedaré a su lado porque soy y siempre fui un gran hombre!) —Se decía para sí mismo mientras cabalgaba entre lágrimas.

V
LA LEY DEL EMBUDO

Harold intenta abrirle los ojos a Nikko tras escuchar sus preocupaciones. Viktor regresa a Valis y causa estragos en el Palacio Real.

Cierta filosofía dice que el ser humano es un ser social. Sin embargo, dicha filosofía queda contradicha cuando al ser humano se le presenta un elemento. Un simple pero peligroso elemento: el poder.

Eran las cuatro y media de la madrugada. Dos hombres charlaban en un bar en mitad de la nada, uno de ellos embriagado por el alcohol y por la desesperanzada indiferencia del trágico suceso.

—Nile, ¿te has enterado de lo del Gobierno Central? —preguntó el hombre de la barra mientras le servía su sexta cerveza.

—Sí, sí. Por supuesto que me he enterado... —eructó—. Os están abandonando a vuestra suerte como a mi poblado hace unos años. Pero para qué me voy a preocupar de si esas cosas acaban con mi vida... solo soy un viejo carcamán que ya no tiene nada que perder.

—Vamos, hombre, no seas así. Seguro que tu hija te espera en algún...

Nada más escuchar la palabra "hija", Nile golpeó la mesa con brusquedad y agarró al *barman* del cuello de la camisa.

—Ya te he dicho que no me hables de ese tema, Morris. La próxima vez te volaré la cabeza. Te lo juro.

—Vale, vale, disculpa. Anda, vete a casa... ya has bebido demasiado.

—¿Casa? Sabes que ya no tengo de eso. Espera... alguien viene.

—¿Eh? ¿A estas horas? Será posible... iba a cerrar ya.

Un hombre alto, fuerte y con vestimenta de comerciante y un pañuelo amarillo en la cabeza entró jadeando en el local.

—Buenos días, amigos. Por favor... necesitamos un lugar para descansar. Venimos de...

—Déjeme adivinar —interrumpió Morris—. Vienen de algún pueblo devastado de Kanvar, ¿verdad? Lo siento.

—Oiga, le agradezco las palabras, pero estamos tremendamente agotados. ¿Podría ofrecerme una habitación, por favor? Se la pagaré.

—Sí, cla...

—Espera, espera —cortó Nile, dejando su cerveza en la mesa y levantándose indignado—. ¿Qué coño pasa aquí? A mí nunca me ofrecieron ayuda aquel día. ¡Tuve que comérmelo yo solito!

—¿Eh? ¿Pero de qué habla?

—Déjele... —respondió Morris en voz baja—. Es solo un borracho empedernido que ha perdido la ilusión por la vida. Acompáñeme, por favor.

Harold siguió al hombre hacia unas escaleras, sin poder evitar mirar atrás de vez en cuando y observar a aquel tal Nile, quien les miraba con un rostro endemoniado.

—Bien, buen hombre. Podéis descansar en esta habitación.

—Gracias, amigo. Que Dios le bendiga. Mañana le pagaré, lo prometo.

—No se preocupe por eso. ¿Está bien la chica?

—Oh, sí, sí. Ella... ella es una Guerrera Elemental.

Nada más decir eso, se escucharon pasos subiendo por las escaleras a toda velocidad. En cuestión de unos instantes, Nile ya estaba dentro de la habitación con un dolido rostro y una botella de alcohol medio vacía.

—¡Lo sabía! ¡Por muy viejo perdido que sea, no he perdido mi sexto sentido! ¡Morris, sabía que algo me olía mal en estos dos!

—¿Pero qué le ocurre ahora? —preguntó Harold, molesto.

—¡En mis tiempos, los Guerreros Elementales luchaban y juntos nos revelábamos si el Gobierno Central cometía un crimen contra nuestros derechos! —Recriminó Nile—. ¿Pero qué es lo que hacen hoy? ¡Huir! ¡Huir y dormir en las espaldas de un viejo comerciante que apesta a pescado! ¿Ves, Morris? ¡Me llamabas loco! ¡Me llamabas loco, pero tenemos justo en frente la representación de la decadencia de la humanidad de la que siempre hablo! ¡Si nuestros salvadores rebajan su autoridad frente a los enemigos de esta manera, nadie estará seguro en este vil mundo! ¡Podrían haberse dirigido al refugio más cercano, pero no, vienen aquí a molestar y a matarnos a todos! ¡Estamos perdi...!

—Suficiente —cortó Harold con un tono seco e indignado.

—¿Perdón?

—He dicho que suficiente. Quiero que escuche lo que le voy a decir, porque no se lo repetiré. Eso que dice es mentira. Los Guerreros

Elementales NUNCA lucharon contra el Gobierno Central. Siempre se han mantenido al margen, ocultos y ayudando en lo que pueden. Y esta chica que descansa en mi espalda no ha huido de nada ni de nadie. Esta chica es... es la persona más noble y valiente que he conocido nunca. Si ha tenido que huir, es porque ha sido superada en número y poder, no por falta de valor. Ella quería pelear. Fui yo el que la obligó a escapar. Pero, ¿sabe qué? Ella va a luchar hasta el final para terminar con toda esta agonía. Ella, con o sin ayuda, va a poner a cada idiota en su lugar para que el mundo recobre la calma que disfrutaba hace un milenio. A sí que haga el favor de callarse si no conoce a esta joven, y lárguese de mi vista. La gente como usted me provoca náuseas.

—Tch...

Nile se dio la vuelta y se marchó, molesto.

—Vaya, ha logrado usted lo imposible —agradeció Morris—. Calmarle cada noche es un infierno, y, si está bebido, ya ni le cuento. Por cierto, es verdad... ¿por qué no han ido al refugio más cercano?

—No le mentiré. Lo cierto es que, después de ver de lo que son capaces esas bestias, me da algo de miedo cabalgar de noche. Además, estoy bastante cansado. Nos dirigiremos allí por la mañana.

—Bien, bien. Descansen.

El *barman* salió de la habitación y cerró la puerta por fuera. Cuando al fin se encontraban solos, Harold tumbó a Nikko en la cama y se sentó a su lado mientras la observaba, melancólico.

—(Hoy has perdido mucho, pequeña. Pero ya estamos a salvo. Por lo menos de momento. Descansa... te lo mereces).

El hombre se quitó las zapatillas y se tumbó al lado de la joven, rodeándola con los brazos.

X

Mientras tanto, en el Palacio Real de Valis, el Rey caminaba cansado y molesto por los pasillos junto a un insistente ayudante.

—¡Majestad, majestad!

—No sé qué hace despierto a estas horas, pero lárguese, Fred.

—Majestad, ¿a dónde se dirige tan rápido?

—He dicho que se largue.

—Lo siento, majestad, pero si se dirige a los laboratorios secretos, me temo que tendré que restringirle el paso. Estamos realizando unas...

Heidfrig se detuvo, agarró al hombre del cuello y abrió una ventana.

—Vaya a darle órdenes a San Pedro.

—¡No, por favor! ¡Por favor! ¡Tengo una hija a la que alimentar! ¡ELA ME ESPERA EN CASA! ¡¡¡AAAAAHHHHH!!!

Lleno de rabia, retiró al hombre de la ventana por la que iba a arrojarle y le lanzó al suelo antes de continuar su camino.

—(Estoy harto de idioteces. La tensión del resto de naciones hacia

Valis está en incesante aumento. No soportan nuestro imparable crecimiento. Podrían aliarse y lanzar una ofensiva en cualquier momento. Si el malnacido de Viktor no suelta la información, ¡tendré que intervenir yo!)

Heidfrig llegó a la entrada de los grandes laboratorios ocultos del Palacio Real. Tras realizar el reconocimiento facial, dactilar e introducir las diez larguísimas contraseñas que requería la entrada, la gran compuerta se abrió, dejando salir una gran cantidad de neblina. Nada más dar un paso al interior de aquel misterioso antro, el panorama cambiaba por completo. El enorme lugar estaba repleto de científicos, cada uno con una funcionalidad distinta; unos trabajaban con lo que parecía ser Esencia Púrpura y otros trataban cuerpos y cadáveres criogenizados. Pero todos ellos tenían algo en común. Todos se dirigían de vez en cuando hacia un pasillo de salas en el que había numerosas celdas insalubres llenas de personas que pedían clemencia en un avanzado estado de psicosis e inanición.

—¡Majestad! Hemos...

—Cállate. ¿Cómo van esos avances? ¿Habéis sacado algo en claro?

—No demasiado. De nuevo, todas las personas con las que hemos experimentado han muerto antes de finalizar su transformación.

—¡Aghhh! ¡¿Dónde está Miles?!

—En su despacho. Iba a retirarse ya, son las cinco y cuarto de la... esto, ¡señor!

—No... no va a retirarse ya. Por supuesto que no.

El Rey se dirigió a paso rápido al lugar indicado. Nada más entrar
en el despacho, suspiró y se sentó delante de un hombre trajeado.

—Heidfrig... —dijo el empresario mientras daba la vuelta a su silla giratoria para mirar al Rey.

—Tiempo ha, Miles. Me han comentado que los experimentos no marchan como se esperaba.

—Así es. Ningún preso llega ya a transformarse del todo. Creemos que nuestra Esencia Púrpura no es... ¿Cómo te lo digo? Válida.

—¿Qué? ¡Pero si hasta hace unos meses funcionaba a la perfección! ¡No me jodas, Miles! —Exclamó antes de dar un golpe a la mesa—. ¡El resto de naciones está aprovechando nuestra debilidad para aliarse! ¡Si nos atacan, no tendremos ejército suficiente para combatirlos! ¡Necesitamos más Saag! ¡MÁS!

—Cálmate, Julen.

—¡NO ME TUTEES!

—Ejem... calmaos, majestad. Tan solo debemos encontrar la fórmula de la fabricación de la Esencia Púrpura, nada más. Y ya tenéis al individuo que la conoce, ¿no es así?

—Sí, ¡pero no suelta prenda! ¡Joder! ¡No tenemos tiempo!

—Lo tenemos, majestad. Tan solo es un chaval. No aguantará mucho la tortura del mejor cazarrecompensas de...

De repente, un temblor sacudió el techo del laboratorio y las alarmas comenzaron a sonar estridentemente por todo el Palacio.

—¡¿Qué?! ¡Las cámaras, Miles! ¡Las cámaras!

El empresario volteó su silla rápidamente y encendió veinticinco pequeñas pantallas que vigilaban todas las zonas del Palacio. Tres de ellas se apagaron de repente, como si hubieran sido desconectadas.

—¿Pero qué?

Dos de ellas, en las cuales podían verse a unos cuantos guardias, enfocaron cómo estos eran asesinados por una bestia a una velocidad tan rápida que ni se la pudo identificar.

—¡¿Qué es eso?!

—No lo sé, majestad, pero se está acercando. Todas las cámaras están siendo destruidas, y cada una está más cerca del laboratorio. Debemos escondernos, ¡ya!

Miles pulsó un botón rojo, y, casi al instante, el laboratorio fue blindado con una gran puerta de metal que aplastó y mató a varios científicos que intentaban escapar. Todas las luces se apagaron también automáticamente.

—Joder, ¡¿por qué Kasar no me coge el teléfono?!

La gran compuerta metálica comenzó a ser brutalmente golpeada por fuera.

—No os preocupéis, majestad. No podrá atravesarla.

La puerta comenzó a abollarse.

—¡¿Estás seguro, cerebrito?!

—Agh... si os soy sincero...

De repente, el teléfono del rey comenzó a sonar.

—Majestad... majestad, aquí Kasar...

—¡Al fin responde! ¡Nos está atacando una...!

—Lo sé... es Viktor Heidfrig, señor... se ha transformado en Saag y me ha malherido... ¡joder...!

—¡¿Qué?!

—¡Shhhh! —Siseó Miles nada más haber sido derribada la puerta metálica.

Desde el armario en el que se encontraban escondidos, podía verse la sombra de la bestia desde una rendija. El Saag, lejos de caminar despacio e inspeccionar el lugar, comenzó a destrozarlo todo y a lanzar las mesas por los aires, rompienso valiosas muestras y echando investigaciones a perder. Miles observó al Rey, y no tardó en darse cuenta de la impotencia que sentía.

—Padre... sé que estás aquí. ¿Ya no tienes el valor para enfrentarme? Era de esperar. Mírame, ¡mira en lo que me he convertido! Esta es la diferencia entre tú y yo. Yo me he convertido en un monstruo para salvar a mi hermana, ¡y tú te convertiste en otro para jodernos la vida! Lo que hicimos estuvo mal, ¡pero eso nunca justificará que un padre abandonase a sus dos hijos! ¡¿Sabes lo que hemos tenido que pasar, viejo?!

Heidfrig intentó salir, pero Miles le detuvo al instante.

—No, no lo sabes —siguió Viktor—. Aquella vez solo intentamos hacer feliz a mamá, pero salió mal. Queríamos ver en ella una sonrisa que hace tiempo que no veíamos gracias a la enfermedad que tú mismo le contagiaste, cabrón. Eres un enfermo. ¡Un viejo decrépito y un puto hipócrita! —Maldijo antes de partir los barrotes de las celdas que apresaban a los esclavos, quienes escaparon al instante—. Toda esta gente... ¿qué pretendes? ¿Traer de vuelta a mamá? ¡¿Acaso crees que esto es un cuento de hadas?!

—¡Señor, no!

Heidfrig tiró abajo la puerta del armario de una patada y corrió hacia Viktor. Nada más verle, el muchacho le asestó un potente puñetazo que le estampó contra la pared.

—Sabía que si te provocaba saldrías de tu madriguera. Los tiranos sin corazón funcionáis así.

—Hijo de puta... me arrebatasteis lo que más amaba... ¡el día de su cumpleaños!

—¡Solo intentábamos hacerla feliz!

—¡DISPARASTE EL ARMA!

—¡¿Y CREES QUE LO HICE A POSTA?! ¡TÚ CONO-CÍAS LA ESENCIA PÚRPURA!

—...

—Tú la conocías, ¡y nunca quisiste enseñarme a usarla! ¡Me mentiste, cabrón! ¡Siempre me decías que esa cosa morada que descubrí por accidente servía para cocinar! Todo es culpa de la ignorancia que inyectaste en mí. ¡De la mentira que inyectaste en mí!

—¡...!

—Aquel disparo la transformó en Saag, ¡pero fuiste tú quien la apuñalaste! ¡En ningún momento nos atacó después de su transformación! ¡Incluso abrazó a Julia mientras sufría! ¡La mataste porque sabías que, si se descubría que estabas emparentado con un Saag, todo tu poder se iría a la mierda y lo perderías todo! Todo, menos a nosotros... pero preferiste el poder. El dinero. Cerdo miserable... voy a matarte. Debo pagar por lo que he hecho... pero antes me aseguraré de que el asesino de mamá pague también.

Viktor se lanzó contra el Rey, pero, justo antes de atacarle, escuchó un grito en la megafonía de la planta superior. Un grito que le resultaba familiar.

—¡Ayuda! ¡AYUDA!

—¡¿Julia?!

Heidfrig sonrió.

—Tú decides, chaval. Matar a tu padre y salvar a tu hermano, o matarme y que no te de tiempo a salvarlo. Aunque seas un puto monstruo, tardarás minutos en matarme. Debes decidir. Por lo pronto, hoy ya he abandonado a un pueblo. Y, si me apetece, abandonaré a otro. Y a otro. ¡Y a otro! Pero hey, ve a salvar a tu hermanito. ¿De verdad te consideras un héroe? ¿Un héroe sacrifica cientos de vidas por una a la que ama? Aunque te diera tiempo a matarme, no eres capaz de hacerlo. A pesar de tu cambio físico, sigues siendo un cobarde. Un cobarde y un puto enclenque que no sirve para nada. ¿Te has sentido bien matando a todos esos guardias inocentes? A ver, prueba con tu padre. ¡Vamos! ¡Pon a prueba tu valentía de nuevo! ¡Ja, ja, ja!

Lleno de impotencia, Viktor subió a la planta superior y se dirigió a las celdas de donde provenían los gritos. Cuando llegó a las celdas, se encontró con tres agentes que estaban apalizando a Julia sin piedad. El chico se abalanzó sobre ellos y no tardó ni cinco segundos en dejar todo perdido de sangre. Cuando terminó con ellos, miró a su hermana, jadeando.

—¡Julia!

—T—t—t—t—tú... ¿Q—q—q—quién... e—eres...?

—Julia, ¡soy Viktor! Ya habrá tiempo de explicarlo, ¡ahora debemos...!

—No... tú no eres mi hermano... mi hermano es... es... ¡es humano!

El muchacho, desolado, perdió la fuerza en los brazos.

—Julia... soy yo. Por favor, te lo explicaré todo más tarde, ¿de acuerdo?

—No me toques. ¡No me toques!

—¡Alto!

Varios militares se plantaron en la puerta, apuntando al Saag con sus fusiles de asalto.

—Tú no eres Viktor. Él nunca haría daño a nadie. Nunca mataría a nadie...

—...

El Saag cogió a su hermana, la subió a su espalda y escapó rápido del lugar, ignorando a los soldados. Julia no entendía nada. En un momento, su cuerpo se había teñido de un desagradable rojo que le provocaba más nervios cuanto más lo veía. Viktor, por su parte, se limitaba a correr a su antiguo piso. Al mismo en el que le hizo aquella promesa a su hermana. Una promesa que iba a cumplir, costase lo que le costase.

X

Cayeron las siete de la mañana. Tras dos horas de sueño más que interrumpido, Harold despertó, desistiendo de poder descansar decentemente.

—Aaaagh... —bostezó—. ¿Ah? ¿Nikko?

La chica se encontraba inmóvil delante de un viejo y polvoriento espejo. Harold no tardó en darse cuenta de que tenía lágrimas en los ojos.

—Soy una decepción. Soy una inútil y una decepción —repitió, sollozando—. Tenías razón... soy débil. Además, soy fea. ¿Por qué no encuentro nada en mí de lo que me pueda sentir orgullosa? ¿Por qué...?

Harold suspiró y se levantó.

—Respóndeme a una pregunta, Nikko. ¿Cómo crees que se consigue el orgullo?

—¿Eh...? No... no lo sé...

—Te lo tienes que ganar. Sí o sí. Dime, ¿has hecho algo en estos últimos seis años por lo que sentirte orgullosa?

La joven pensó durante unos instantes.

—...No. No, Harold, no lo he hecho. Todo empezó el día en el que papá desapareció y me quedé sola con la abuela. Y ahora ella... ahora ella tampoco está. He desperdiciado completamente mi adolescencia siendo víctima de pensamientos que no me han llevado a nada. Pensamientos que se quedaron en eso y que nunca se convirtieron en actos, en algo de provecho. No sé cómo a veces aspiro a tanto. No sirvo para nada —se maldijo con la voz quebrada.

Harold suspiró de nuevo y se dirigió a la puerta.

—Acompáñame, por favor.

Pasados unos cinco minutos, y tras haberse parado a respirar, Nikko salió al exterior. Harold estaba sentado en un alto peñasco mientras observaba el alba.

—Harold, cuidado... podrías caerte —advirtió mientras subía.

—Calla y siéntate a mi lado.

La joven obedeció. El panorama desde aquel peñasco le sugería dos chocantes emociones. Por un lado, tranquilidad, pues el sol comenzaba a asomar tímidamente mientras los pájaros despertaban poco a poco, comenzando a trinar. Pero, por otro lado, despertaba en ella una extraña sensación de inseguridad. Como si estuviera sola en aquellos vacíos montes, cuando la realidad es que tenía al lado a alguien que la quería como si fuese su hija.

—Mira esto —dijo Harold mientras sacaba su cartera, y, de ella, unas fotos.

—Oh... ¿es tu familia?

—Sí. Esta es mi mujer. Su nombre es Ame.

—"¿Ame?" Nunca lo había oído.

—Es oriental. Significa "lluvia". Mira, y estas son mis cinco hijas: Roxy, la mayor. Es una niña muy aplicada y responsable. Artis, la segunda. También es responsable, aunque algo vaga.

Mientras Harold hablaba de su familia, Nikko le observaba con una calmada sonrisa y los ojos aún un poco humedecidos.

—Avery es la tercera. Esta sí que es vaga. En cuanto pilla la oportunidad, se nos escapa de cualquier tarea... ja, ja...

La joven se rio por lo bajo.

—Por último, Lena y Cathy. Estas dos son gemelas.

—¿Ah? ¿Por qué Cathy está...?

El rostro de Harold entristeció.

—Cathy nació con un terrible cáncer. Además, un hombre abusó de ella cuando tenía tres añitos.

—¡¿Cuándo tenía tres años?!

—Sí. El mundo está lleno de enfermos, ¿eh...? Desde entonces, pasa sus días entubada en el hospital por el cáncer y con la sonrisa dañada por esos borrosos recuerdos. Cualquier día podría ser el último, ¿sabes? Y... y yo...

Disimuladas lágrimas comenzaron a brotar de sus ojos. Cuando Nikko se dio cuenta, le rodeó con los brazos en un cálido abrazo.

—A veces me pregunto por qué la vida le da los destinos más crueles a las personas más buenas. No es justo. Me gustaría estar más con ella, pero el dichoso trabajo me lo impide. Desde que falleció nuestro perro, mi mujer padece una depresión severa y no puede trabajar. No es nada fácil alimentar a seis personas, ¿sabes? Por eso... por eso estoy todo el día viajando. Cuanto más dinero haga, más feliz soy, pero no por el dinero, sino porque ellas podrán ser más felices. Antes veía al dinero desde una perspectiva más tacaña, como si tener mucho me hiciera mejor que los demás. Pero me di cuenta de que debía utilizarlo no para hacerme feliz a mí, sino para que mi familia pudiera tener una buena vida. Los pocos días que puedo estar con ellas me revitalizan por completo. Da igual lo cansado que llegue a casa; el mero hecho de verlas felices con sus juguetes y con un plato caliente sobre la mesa me grita que todo ese esfuerzo ha valido la pena. Esos son los momentos en los que me siento orgulloso, porque sé que me lo he ganado. Sé que he trabajado muy duro para que la gente a la que quiero pueda sonreír un día más. Sé que, una vez más, he cumplido mi objetivo. Por eso, Nikko, hazme un favor y déjate de estupideces. Céntrate en los problemas de verdad. ¿Crees que a mis hijas les importa si soy guapo o feo? ¿Crees que a alguien le importa que tú seas guapa o fea? No, por supuesto que no. En tal caso, eso será importante para un individuo poco relevante en tu vida. Para alguien que solo vea tu exterior. Pero, para la gente que de verdad te quiere, hay otras cosas más importantes. Tu abuela, tu padre, yo. Todos nosotros esperamos grandes cosas de ti. Y en esas grandes cosas no entra el que seas guapa. Entra el que seas una gran Guerrera, pero, antes de eso, entra el que seas feliz. Entra el que, a pesar de toda la mierda que nos lanza la vida día a día, te levantes, y, con una sonrisa orgullosa digas: "¡Me voy a comer el mundo para que la gente a la que quiero pueda comer de un plato caliente!" Al menos, eso es lo que pienso yo cada vez que me levanto por la mañana. Me hace sentir más cerca de mi sueño; pescar en el mar. Aunque supongo que tú tendrás otra frase. Tengas la que tengas, Nikko, no caigas. Tanto los que ya no están como los que estamos confiamos en ti. Haz honor a tu título de Guerrera y enorgullécete. Primero, a ti. Después, a todos nosotros.

Tras unos segundos de reflexión, Nikko se levantó, decidida.

—Tienes razón, Harold. Gracias por abrirme los ojos.

—Gracias a ti por abrirme tu corazón. Siempre que decidas hacerlo, yo estaré ahí para arreglarlo. Venga, partamos al refugio.

Unas horas después del suceso, Julia se despertó sudando y temblando tras una larga pesadilla. Lo primero que hizo nada más abrir los ojos fue comprobar la hora. Eran las siete de la mañana, y un silencio sepulcral reinaba en el salón de su casa. La persiana que daba al balcón estaba abierta; sin embargo, era noviembre, por lo que la luz del sol todavía no la molestaba. Alguien la había llevado hasta allí y la había dejado en el sofá, tapada con una manta.

—(¿Quién ha...? ¿Qué ha pasado...?)

Confusa y con los recuerdos del día anterior bastante difusos, se levantó y fue a lavarse la cara.

—(Viktor seguirá dormido. Iugh, seguro que todo fue una pesad...)

Cuando se fijó en el espejo de baño que se encontraba delante de ella, se dio cuenta de que tenía a una bestia humanoide detrás. Presa del pánico, gritó, le lanzó el jabón a la cabeza y escapó corriendo hacia el salón. El Saag la siguió a paso lento, dejándola sin escapatoria.

—¡Ayuda! ¡Ayuda, un...!

—Julia...

—¿Eh...?

Fue entonces cuando la joven recordó todo lo sucedido. Aturdida, se frotó los ojos y se levantó, mirando fijamente al que decía ser su hermano.

—Tú... ¿Viktor?

—Puedo explicarlo... pero necesito que me escuches, ¿de acuerdo?

Julia seguía completamente asombrada. Sin embargo, y a pesar del miedo e incertidumbre que sentía, accedió.

—Antes de que me expliques nada, ¡d—demuéstrame que eres m-mi hermano!

Viktor suspiró.

—Te prometí... te prometí que veríamos juntos las estrellas.

La muchacha relajó los músculos, y, tras esbozar una amplia sonrisa de alivio, abrazó el viscoso cuerpo del ser.

—¡Viktor! ¡Viktor...!

—Te he echado de menos, compi.

—¿Cómo has... cómo has llegado a esto? —Preguntó, entre lágrimas.

—Fue la única forma de escapar de mi torturador y de llegar hasta ti. Tranquila... no solté nada de información. Por nada del mundo iba a permitir que empezasen a fabricar la Esencia. Quién sabe lo que podría pasar.

—¿Lo hiciste para rescatarme...?

—Claro. ¿Acaso te sorprende? Soy tu hermano mayor. Me he convertido en un monstruo para que puedas ser feliz. Ya no me puede dar la luz del sol. Si eso ocurre, moriré enseguida. Pero sí que puedo cumplir mi promesa. Una noche de estas, iremos a ver las estrellas, ¿vale?

—¡Vale!

X

La Guerrera y el pescadero llegaron al fin al refugio. El panorama era más caótico de lo que ambos imaginaban; varios guardias impedían el paso a un enorme búnker subterráneo de hierro que, aparentemente, ya se encontraba lleno de gente desesperada por no ser devorada. El lugar era un irritante caldo de incesantes gritos y, de vez en cuando, fuertes peleas.

—Dios...

—¿Estás bien, Harold?

—Sí, sí. Agh... no, no te voy a mentir. No estoy bien. Me han venido algunos recuerdos de la guerra.

—¿De la guerra?

—Sí. Tenemos que hablar, Nikko. Pero aquí no.

La muchacha y el hombre bajaron del caballo y se dirigieron a la entrada del refugio.

—Perdonen. Perdonen, agh, perdonen... —Repetía el hombre mientras se abría paso entre la multitud hasta llegar a los guardias.

—Eh, alto. Atrás —ordenó uno de los guardias.

—Lo siento, pero necesitamos pasar.

—¿Sí? Pues igual que toda esta gente. Enséñeme su pase especial.

—"¿Pase especial?" Venga ya. Tienes que estar de coña.

—Lo siento, señor. Son órdenes directas del Gobierno de Valis.

Harold cerró los puños con rabia y se marchó, de nuevo apartando bruscamente a la gente.

—¡Harold! ¡Espera!

Cuando se separaron de toda la ruidosa muchedumbre, Harold dio un puñetazo al suelo.

—Es increíble. ¡Es increíble!

—Harold, ¡cálmate!

Nikko le puso una mano en el hombro, pero el hombre no tardó en retirarla bruscamente.

—Ay...

—Ah... lo siento, Nikko. Estos días están siendo demasiado tensos.

—No te preocupes, te entiendo.

—Yo también le entiendo —dijo un tercero que acababa de llegar.

—¿Celeus?

El apuesto comerciante se plantó delante de ellos con una sonrisa.

—¿Quién es usted? —Preguntó Harold.

—Como bien ha dicho su compañera de viaje, soy Celeus. Un gusto, Harold.

—¿De qué os conocéis?

Celeus miró a Nikko con una mirada inquisidora.

—E—eh, esto... es un viejo amigo. Lo conocí en los talleres de historia de papá.

—¡Oh! Qué bien. Es un gusto, Celeus.

Celeus esbozó otra amable sonrisa.

—Lo mismo digo, amigo. He oído las noticias. Han llegado a Nueva Naila, ¿verdad? Qué desfachatez la del Gobierno Central... poco a poco está convirtiendo Kanvar en un feo polvorín. Oiga, da la casualidad de que tengo dos pases especiales más. Se los regalo y así pasamos juntos.

—¿Qué? ¿Por qué haría eso?

—No es molestia, Harold. De verdad.

—Está bien, está bien. Te lo agradezco muchísimo, Celeus.

Los tres entraron a paso rápido al lugar tras entregar los pases. El panorama en el interior no mejoraba para nada. Aunque no había violencia física, el ambiente estaba el triple de cargado de demasiados sentimientos a la vez; pesadumbre, incertidumbre, y, sobre todo, desesperanza. Decenas de familias guardaban silencio mientras intentaban dormir, presas de una falsa esperanza porque todo fuera un mal sueño. Madres que protegían a sus hijos y pasaban frío para que ellos se resguardaran bajo una deshilachada manta y padres que, aun disponiendo de un único mendrugo de pan o de queso, preferían dárselo a sus hijos.

—Harold... esto es terrible...

—Lo sé, Nikko. Lo sé. Pero no podemos hacer nada por el momento. Hoy dormiremos aquí, y, cuando despertemos, nos marcharemos cuanto antes. Vamos, debemos descansar.

Antes de que Harold pudiera tumbarse, un hombre le agarró del hombro y le asestó un puñetazo tan fuerte que le derribó.

—¡Hijo de puta! ¡Privilegiado cabrón!

Nikko se encontraba en shock. Quería reaccionar, pero no se sentía lo suficientemente valiente para ello. O quizá era porque no era enfado lo que percibía en aquel hombre, sino un evidente sentimiento descontrolado de impotencia ante una más que evidente injusticia. Cuando la joven miró a Harold, se dio cuenta de que este, no siendo propio de él, se limitó a mirar al suelo, avergonzado.

—¡Voy a matarte! —Exclamaba el hombre mientras era agarrado por los guardias y llevado al exterior—. ¡Mis hijas y yo llevamos horas intentando entrar mientras nos arriesgamos a que aparezca una de esas cosas y nos mate! Mi mujer fue devorada por uno de esos monstruos, ¡¿y ahora también estamos castigados a pasar frío hasta morir?! ¡¿A ser también tragados por esas... cosas?! ¡¿Por no tener un pase de mierda?! ¡No es justo! ¡NO ES JUSTOOOO!

La voz de aquel hombre se perdió cuando fue expulsado al exterior. Nikko no comprendía nada. Temblando, sacó una manta de la mochila de Harold y la extendió sobre el duro suelo de metal.

—Harold...

El hombre se tumbó en el suelo y se dio la vuelta, sin darle importancia a nada.

—Por favor, ahora no. Descansa, Nikko.

—D—de acuerdo. Tú... tú también.

Cuando Celeus vio a la joven sentada con las rodillas flexionadas y la mirada perdida, se percató de que no iba a poder dormir. Su mirada estaba en trance, como si estuviera aguantando de nuevo las ganas de llorar.

—Creo que es mejor que le dejes descansar —aconsejó Celeus—. No parecía de buen humor.

Nikko miró al chico con lágrimas en los ojos.

—Tengo miedo. Tengo mucho miedo. No pude proteger a la abuela y casi no pude proteger a Harold. Ya no tengo ni mi espada. ¿Qué clase de Guerrera soy? Me siento... sola.

El chico negó con la cabeza.

—No estás sola, Nikko. ¿Sabes? Por mucho que la gente mienta sobre ello para quedar bien, la realidad es que son muy contados los casos en los que una persona daría su vida por la otra. Tengo el presentimiento de que, si Harold se ha quedado contigo, es precisamente por eso. Te quiere. Debes aceptar tu destino, Nikko. Has comenzado una misión difícil, y ya no puedes echarte atrás. Debes ser capaz de sacrificar hasta lo más preciado para ti con tal de seguir adelante. Las pérdidas de seres queridos, las traiciones, las ocasiones en las que tenemos miedo y nos sentimos al borde de la muerte... todo nos endurece y nos vuelve más fuertes.

Harold abrió ligeramente los ojos.

—Nikko, ¿sabes lo que sentía todos los días cuando iba a ver a mi hija al hospital? Cuando cada día estaba peor que el anterior. Entubada, en los huesos, alimentándose por vena y suplicándole que acabe con su vida. No podía permitir que me viera así... por lo que sonreía. Sonreía para que ella sintiera que yo estaba bien, cuando la realidad es que lloraba durante horas cuando salía de esa maldita habitación de hospital. Sentía rabia. Impotencia. Pero ahí estaba, al pie del cañón en todo momento. Forzando una sonrisa que ocultaba un dolor insoportable, hasta que me di cuenta de lo mucho que me equivocaba; llorar no es de débiles, Nikko. Llorar es para los valientes que tienen la capacidad de liberar su frustración ignorando lo que digan los demás. Llora. Llora todo lo que quieras. Libérate.

Casi al instante, Nikko rompió a llorar en su hombro mientras este acariciaba su cabello. Celeus esbozó una triste sonrisa.

—Me gustaría saber lo que se siente cuando una persona te quiere tanto que daría su vida por ti.

—¿Nunca lo has sentido? —Preguntó Harold.

—No. Mi padre me abandonó en la orilla de un río cuando era un bebé y me llevó la corriente. Fue un auténtico milagro que sobreviviera. Cierto hombre me encontró y me acogió en su seno. Siempre he vivido rodeado de privilegios, nunca faltándome de nada. Sin embargo, y a pesar de estar más que acompañado, siempre me he sentido muy solo. Es... paradójico, ¿verdad? Tú no estás sola, Nikko. Por lo pronto, ya has vivido esa sensación que yo siempre he ansiado. ¿Puedo... hacerte una pregunta?

—Cla—claro —respondió mientras se secaba las lágrimas.

—¿Quieres ser mi amiga?

La pregunta dejó en shock a la muchacha. Lo cierto es que se esperaba cualquier pregunta menos esa.

—Ah... esto... claro. N—no veo por qué no.

El rostro de Celeus se iluminó de felicidad.

—¡Genial! ¿Sabes? Esto de estar juntos por puro interés comenzaba a pesarme demasiado. Ese no es mi estilo. Dejémonos de tratos, y, simplemente, ayudémonos el uno al otro. ¿Te parece?

—Va—vale.

Los dos jóvenes estrecharon sus manos con fuerza y decisión ante la amable y cansada sonrisa de Harold, quien observaba con admiración una foto impresa del mar que guardaba siempre en el bolsillo de su chaqueta.

VI
CAÍDA LIBRE

Viktor trata de asimilar su situación mientras Julia finge estar bien. Nikko ve algo que el resto no logra ver y es víctima de una dura visita.

Tras calmarse y comprobar que ese ser realmente era su hermano, Julia pudo dormir hasta el mediodía, aunque a duras penas. Pero Viktor no fue capaz.

—Aaagh... —bostezó— ¿qué hora es?

—Las dos del mediodía.

—¿No has dormido?

El chico tardó un poco en responder.

—Los Saag no duermen. Quiero decir... no dormimos.

—Ah... eso... eso debe ser duro.

—Y aburrido. Muy aburrido.

Julia se levantó y, tras desperezarse durante cinco segundos, se dirigió a la cocina.

—Voy a hacer la comida, ¿vale?

Viktor la siguió.

—E—espera... ni siquiera sé si puedo comer lo que podía comer cuando era humano.

—Bueno, solo hay una forma de comprobarlo, ¿no? —Preguntó Julia con una sonrisa, a lo que Viktor asintió—. ¿Qué te apetece?

—Puedes hacerme macarrones. Si soy incapaz de comerlos, será una buena razón para morirme.

—¡Cállate, tonto! ¡No digas eso!

—Ja, ja... ah... vo-voy un momento al baño.

—Está bien. Espera, ¿puedes mear? ¡Viktor!

Cuando llegó al aseo, candó rápidamente la puerta y se apoyó contra la pared, víctima de un fuerte ataque de ansiedad.

—(¿En qué me he convertido? ¡¿Cómo voy a cuidar de Julia así?! ¡Ni siquiera puedo salir a la calle por el día! ¡Ni por la noche a vista de los demás! Me convertí en un monstruo para que ella fuera feliz... ¡pero lo único que he conseguido es dejarla sola a largo plazo! Realmente lo soy... ¡realmente soy un monstruo...!)

Cuando vio caer sus lágrimas en el suelo, se dio cuenta de que eran moradas.

—(Lo... lo siento, Julia. Te prometo que haré lo que sea para que consigas una buena vida lejos de aquí. Me seguiré esforzando en mantener esta falsa sonrisa por ti).

—Viktor, ¿estás bien? —Preguntó la joven al otro lado de la puerta.

respondió antes de salir y regresar a la cocina a paso lento, lo que preocupó a su hermana.

Un rato después, ambos se sentaron para comer y Julia notó que a su hermano le temblaba el brazo al agarrar el tenedor. Cuando este probó un macarrón, otra lágrima brotó de donde se suponía que debía estar su ojo derecho.

—No puedes, ¿verdad...?

—Sabe fatal... Julia, crees que...

—No. No, no, ¡no! Tiene que haber alguna otra forma de alimentarte que no sea con carne humana. ¡Debe haberla!

—...

𝒳

Llegado el mediodía, Harold, Nikko y Celeus salieron al fin al exterior. Pero el panorama había cambiado. Tanto los guardias como todos los que la noche anterior intentaban entrar yacían muertos y desmembrados. El sol iluminaba la oscura y seca sangre, todo a ojos de un inexpresivo pescadero, un analítico explorador y una estupefacta Guerrera, quien se percató del detalle de que no había ningún niño ni ningún perro entre los cadáveres y de que los caballos seguían vivos y atados. Además, en pleno centro había una estaca con un muñeco vudú de tela clavado en ella, el cual seguía a Nikko con la mirada. Si esta se movía a la derecha, sus pupilas se movían hacia ese lado, y viceversa.

—Q-qué... chicos, qué es... ¿qué es eso?

—¿El qué? —Preguntó Harold.

—Eso... —señaló la estaca.

—¿Los muertos? Ya, ya los hemos visto, Nikko.

—No, eso no... la... la estaca...

—¿Qué estaca? No hay ninguna estaca. En fin, no hay tiempo. Debemos llegar a algún lugar seguro antes de que sea de noche. Sea quien sea el que haya hecho esto, es extremadamente poderoso y sanguinario.

—Harold tiene razón, no deberíamos hablar aquí fuera —advirtió Celeus—. Sé que es de día, pero algo me huele mal. Busquemos un caballo, os guiaré a la aldea más cercana. Con un poco de suerte, un herrero podrá forjarte una espada, Nikko.

—S-sí.

_X_

Tras un buen rato comprando diferentes alimentos, Julia entró en el piso cargada de bolsas.

—¡No! No, no me ayudes. Podrían verte. Tranquilo, tú quédate en el salón.

—Lo siento.

Los dos hermanos estuvieron un buen rato probando diferentes comidas. Sin embargo, con cada comida que Viktor degustaba, las esperanzas decrecían drásticamente.

—Todo está asqueroso...

—Calma, calma. Pensemos en algo, ¿vale? ¡Tiene que haber otra respuesta! —Exclamó la joven con una lágrima brotando de su ojo derecho.

—Julia, ¿estás...?

—¿Eh? Ah, esto... es... es la alergia —mintió—. Je...

Viktor suspiró profundamente, y, seguidamente, abrazó con fuerza a su hermana.

—No me pasará nada, ¿vale? Y mucho menos a ti. Utilizaré la fuerza con la que fui castigado para protegerte. Pondré tu vida por delante de la mía.

Julia se separó bruscamente de su hermano.

—¡No! ¡Ni se te ocurra! Si alguien debe morir, ¡esa debo ser yo!

—¿Por qué? Julia, yo ya no tengo futuro. Mi destino es protegerte hasta que me descubran y me ejecuten. En cambio, tú sí que tienes una vida por delante.

—¡Tú también tienes una vida por delante! Encontraré... ¡encontraré una cura!

Viktor quedó en shock.

—¿Una... una cura? Eso... eso es un sueño imposible...

—Entonces la convertiré en realidad.

Viktor quedó pensativo durante unos instantes. Quizá, después de todo, la idea de su hermana no fuera una utopía.

—Acabo de darme cuenta de lo egoísta que fui. Tras tantos años trabajando con Esencia Púrpura, en lo único en lo que pensé fue en transformar a personas, pero nunca en curarlas. Me guié demasiado por la historia que me contaron, perc... ¿realmente los humanos de ahí fuera son como nos los describieron cuando éramos niños? Me gustaría comprobarlo. Quizá ellos... ah, esto, Julia... quiero proponerte algo.

—¿Sí?

—Olvidémonos de Valis.

La muchacha quedó sorprendida tras escuchar la propuesta, aunque no tanto como el Saag esperaba.

—Pu-puedo entender por qué lo dices, pero no es una decisión fácil... ¿por qué quieres hacerlo?

—Quiero comenzar una nueva vida. En esta ciudad no tengo ningún tipo de futuro, pero puede que en el exterior sí. Podríamos vivir en una aldea tranquila y alejada de todo, ¿no crees? En una aldea de *lixoístas*. Ellos seguro que me aceptarán a pesar de ser un Saag.

—¿En una aldea en la que viven esos supuestos monstruos de los que siempre me hablabas?

—Ah... vamos, pasemos página. Seguro que eso no es cierto. Además, no estoy en situación de llamar monstruo a nadie, ja, ja...

—Pues que así sea. Seguro que en esas aldeas alejadas de la contaminación el cielo se ve precioso. Partiremos cuando caiga el sol.

X

Tras unos cuarenta y cinco minutos de viaje, los tres viajeros llegaron a una pequeña aldea conformada únicamente por dos largas filas de casas idénticas, un riachuelo, un par de tiendas y una herrería.

—Bienvenidos a Shaga, mis queridos viajeros —dijo Celeus—. No es una aldea muy grande, pero es acogedora. Además, está protegida por una Frontera Púrpura.

—(¿Una Frontera Púrpura? Es lo mismo que mencionó el hombre que me salvó aquel día) —pensó Nikko—. ¿Qué es eso?

—Una "Frontera Púrpura" o "Límite Púrpura" es un recubrimiento de Esencia Púrpura en los límites de la aldea para impedir que sea asaltada por Saag —explicó mientras caminaban—. Las brinda el Gobierno de Valis a los territorios que son de su interés, al igual que se las arrebata a los que dejan de interesarle.

Finalmente llegaron a una de las casas, donde fueron recibidos por un amable anciano.

—¿Son ustedes los honorables viajeros que quieren alojarse en mi morada?

—Así es, señor. Mi nombre es Celeus.

—Nikko. Un gusto, señor.

—Harold.

El hombre analizó unos segundos a sus tres nuevos inquilinos, manteniendo su mirada unos segundos más en Nikko. Seguidamente, esbozó una sonrisa.

—No percibo mal en sus corazones. Mi nombre es Marvin. Adelante, ¡pasen, pasen!

Cuando Nikko entró en la morada del anciano, por algún motivo, no tardó en sentirse segura. Segura y aliviada, ya que, al contrario de lo que ella creía, Nueva Naila no era el único lugar en el que se podía esconder. Realmente había más personas ahí fuera. Más personas buenas que, a pesar de todo y de toda la profanada historia, confiaban en ella y en su ascendencia. Los llamados *lixoístas*.

—Harold. .

—¿Sí?

—Al fin podemos descansar.

El hombre respiró profundamente, y, justo después, sonrió.

—Sí, pequeña. Al menos durante un tiempo. Pero no bajemos la guardia. Yo me quedaré con Celeus, tú aprovecha y ve a conocer al herrero.

—¡Vale!

Después de darse una relajante ducha, se vistió al fin con ropa casual y salió de la casa.

Aunque no conociese la aldea, el camino a la herrería no era muy complicado; el lugar era básicamente una línea recta dividida en dos por un río que unía con un puente los hogares y los pequeños locales. Al igual que en Naila, allí la gente no la miraba raro. Como mucho, alguna mirada de desconocimiento, pero nada despectivo. Cuando llegó a la herrería, esta no era como esperaba; el local era una gran fachada abierta con todas las mesas y herramientas en el exterior. Detrás de todos los utensilios y del pórtico principal se encontraba la puerta.

—(Quizá deba entrar...)

Cuando la joven se dirigía a la puerta, un cuchillo fue lanzado contra la pared que se encontraba justo a su lado, rozándole ligeramente el rostro.

—¡Eh! —Exclamó un hombre.

—¡A-ah! ¡No, no! ¡No iba a...! ¡Pensaba que...!

—¡Ja, ja, ja! Tranquila, mujer, que no pensaba darte.

Un hombre salió de un pequeño habitáculo oculto por una cortina. Era alto, fuerte y de piel morena. Tenía una corta y cuidada barba marrón, el pelo corto también marrón y los ojos de un tono verde oscuro.

—Mi nombre es Garren. Eres Nikko Meyer, ¿verdad?

—Sí. ¿Me conoce?

—¿Qué si te conozco? Todos aquí te conocen, niña. Donde no conocen tu aspecto es en las grandes ciudades. Los pueblos *lixoístas* somos como una pequeña red de cotilleos, nos lo contamos todo.

Nikko tragó saliva.

—Esto... me preguntaba si podría forjarme una espada.

—¡Ja! Faltaría más. Lo que sea por una Guerrera Elemental. Relájate, no tienes que preocuparte porque sepa quién eres. Toda mi familia fue *lixoísta*, y yo no soy la mala excepción.

—¿*Lixoísta*?

—¿Ah? ¿No conoces la historia de tus antepasados? Pues ten cuidado, pequeña ignorante. Dicen que, quien no conoce su historia, está condenado a repetirla. Y la tuya precisamente no queremos que se repita, ¡ja, ja, ja!

La Guerrera se encontraba frustrada y confusa. ¿Por qué todo el mundo conocía su historia menos ella?

—(Iugh).

Garren se cruzó de brazos.

—Priorizaré tu espada al resto de pedidos que tengo. Nos vemos en un par de días. ¡Ahora, largo! Tengo que trabajar y las mujeres siempre me termináis distrayendo.

Mientras tanto, Harold preparaba la habitación junto con Celeus, quien iba a dormir en una separada.

—Es usted un hombre callado, Harold.

—¿Ah? Ah, disculpa, últimamente estoy bastante absorto.

—No se preocupe. A propósito, ¿puedo tutearle?

—Sí. De hecho, hazlo, por favor.

—Bien. Dime, Harold... ¿qué es para ti lo bonito del ser humano?

—¿Eh?

—Ya sabes... su esencia. El sentido de su existencia.

Harold pensó la respuesta durante unos segundos. Seguidamente, miró a Celeus con un rostro menos serio.

—El sentido de la vida es la muerte.

—¿C—cómo dices?

—Sí. Verás, mi padre solía decir que la muerte no es más que una meta. El final del camino que hemos labrado durante la vida. Rechazar la muerte hasta el extremo es negarse a vivir. Debes vivir con coraje, con la muerte integrada en tu vida y con el conocimiento de que esta llegará en cualquier momento y de que lo más probable es que no la puedas evitar.

El comerciante tardó un poco en responder debido a la sorpresa que le había generado la reflexión.

—Harold, ¿le tienes miedo a la muerte?

El hombre reflexionó unos segundos.

—No. No, no le tengo miedo. Cuando ella no está, yo estoy, y cuando ella esté, yo ya no estaré. La realidad es que nunca nos vamos a encontrar del todo; simplemente nos cruzaremos en el tiempo. A si que no, no le tengo miedo a la muerte. ¿Y tú?

—...

—¿Celeus?

El explorador miró a Harold con un rostro serio.

—Si no le tienes miedo, significa que has sido un buen hombre.

—¿Cómo?

—Sí... es sencillo. Si no le tienes miedo es porque sabes que irás al Cielo. Al paraíso de Dios. En cambio, si le tienes miedo como yo, es porque dudas de tu destino después de perecer. Dudas de si irás al Cielo o al Infierno.

—Ah... sí, supongo. La verdad es que no creo mucho en esas cosas.

—¿Tomas en vano el nombre de Dios?

—¿Qué? No, para nada. Simplemente creo que morimos, y ya. Nuestro destino no es ir a un paraíso o a un purgatorio, sino convertirnos en abono que dará forma a otro tipo de vida como es la hierba. Y ya. El cuento se acaba, y eso es precisamente lo bonito de la vida.

Celeus se quedó callado por unos segundos.

—Harold, duerme en mi misma habitación esta noche.

—¿Qué? No. Tengo que estar al lado de Nikko.

—Te lo pido precisamente por eso. Quiero que me seas sincero. ¿Crees que la ayudas estando a su vera absolutamente todo el rato?

—Ah...

—En el refugio nos confesó que se sentía sola. Tiene que aprender a estarlo, Harold. No podemos acostumbrarla a una compañía eterna. Eso no es realista. Si no aportas a su independencia, cuando sufra la soledad de verdad, no sabrá cómo afrontarla. Dime, Harold, ¿tienes sueños? ¿Algo por lo que luches día a día con anhelo e ilusión?

—Sin contar el más obvio, que es proteger a mi familia... sí, tengo uno. Quiero ver el mar. Quiero sentirlo y pescar algo en él.

—¿Te sientes cerca de ese camino?

—Pues más o menos. Oye, ¿a dónde quieres llegar?

—Fácil. Durante dicho camino, ¿has tenido a alguien al lado en todo momento?

—No. O al menos no siempre.

—¿Crees que, si lo hubieras tenido, serías igual de fuerte que ahora?

—Agh... quién sabe. En fin, de acuerdo, te haré caso. Pero solo esta noche.

Unas horas más tarde, la noche cayó al fin. La joven Guerrera había pasado el día paseando con la intención de conocer a alguien, y, de alguna manera, también empezar de cero.

Sin embargo, regresó tremendamente frustrada a la casa del anciano. Acababa de descubrir una inseguridad que no recordaba. El hecho de tener que vivir ocultándose durante toda su vida le había producido un miedo atroz a conocer gente de otros lugares que no fueran Nueva Naila.

—(¿Qué me pasa...? Si no soy capaz ni de hablar con alguien, ¿cómo voy a...?)

Nada más cerrar la puerta de su habitación y de ponerse el pijama, no pudo evitar romper a llorar sobre su cama.

—(Joder, solo era hablar con alguien... ¡solo era hablar con alguien!)

Alguien abrió lentamente la puerta de su habitación.

—¿Señor Marvin...?

—Buenas noches, joven. He escuchado tus sollozos. ¿Puedo pasar?

—Cla-claro... —respondió, limpiándose las lágrimas.

El anciano entró, cerró la puerta tras de sí y se sentó al lado de la chica.

—Cuéntale a este anciano lo que te ocurre. Seguramente haya experimentado todas y cada una de tus inseguridades.

—(Tiene razón. Padre siempre me decía que siempre tomara los consejos de la gente más mayor). Lo que ocurre es que tengo... miedo. Hasta ahora, no he podido salvar a nadie. Mi impulsividad llevó a la muerte de mi abuela, ni siquiera tengo espada.. No sé hacer nada. Estoy cansada.

—Ya, entiendo. Antes fuiste a ver a Garren, ¿no es así?

—Sí. ¿Por qué?

Marvin se acercó un poco más a la muchacha.

—Dime, joven. ¿Sabes cómo se forja una espada?

—Esto... ¿cómo? —Preguntó Nikko, algo incómoda tras sentir la mano del anciano en su muslo.

—Golpeando, golpeando y golpeando hasta que no quedan impurezas. Se golpean, se someten a un aberrante calor, y, después de eso, son lo suficientemente duras y afiladas como para usarse para luchar. Pero no es un proceso rápido, no. Hay que tener paciencia y conocimiento... Y, sobretodo, estar dispuesto a no fallar en ese arduo entrenamiento. Tú... ¿Tú estás dispuesta?

—Lo estoy. Pero siempre que...

Los ojos del hombre se iluminaron.

—Entonces déjame comprobarlo.

—¿Qué?

El anciano tumbó a la joven en la cama de un empujón y se abalanzó encima de ella.

—¡No! ¡No, ayuda! ¡Harold! ¡Mmmh!

Marvin le tapó la boca y comenzó a restregarse bruscamente y sin descanso contra ella.

—Me lo dijiste... ¡me dijiste que estarías dispuesta a pulirte como una espada! Yo no estoy haciendo nada malo, ¡tú me lo has pedido! Yo no soy ningún criminal... no lo soy, no lo soy, ¡NO LO SOY! ¡DEJADME EN PAZ! ¡NO SOY NINGÚN MENTIROSO! ¡MIRADME! ¡NO, NO ME MIRÉIS! ¡¡MIRADME!! ¡¡¡OS MATARÉ A TODOS!!!

Mientras Marvin deliraba y deliraba frases que Nikko no entendía, le arrancó con furia la ropa hasta dejarla completamente desnuda.

—Este cuerpo... es precioso. ¿Cómo alguien tan bella como tú puede tener tan poco autoestima?

Marvin le agarró la cabeza y se la giró, de manera que se viera a sí misma en un espejo. Sin embargo, lo que vio fue a su yo de niña con la misma inocente mirada que poseía en el presente.

—Mírate. ¿Qué ves cuando te miras al espejo? Oh, vamos... ¿es eso una lágrima? ¿Estás llorando de la emoción? Lo entiendo. Por fin estás sintiendo ese amor que tanto querías... ¡Esto es increíble! ¡Voy a tener sexo con una Guerrera Elemental de la Luz! ¡Ven, bésame, bésame hasta el fin de los tiempos!

¡Déjame saborearte! ¡Que Lix nos vea y sonría desde el reino de los cielos! ¡Te amo, Nikko! ¡TE AMO!

Después de darle un "apasionado" beso, la penetró, disfrutando de cada lágrima y de cada grito que censuraba con su mano.

—¡Hasta gritas de la emoción! ¡Esto es genial! Tengo tantas ideas... ¡vamos a pasarlo muy bien esta noche!

VII
EL ENVIADO DE DIOS

El plan de escape de Viktor y Julia sufre un inesperado revés. Viktor toma una desesperada decisión que termina cargando contra quien no esperaba. Harold sufre lo que se temía desde un principio.

Cuando la noche cayó en Valis, ambos hermanos partieron de su piso y corrieron de callejón en callejón de la forma más sigilosa posible. Julia iba en la espalda de Viktor, vigilando los alrededores sin poder evitar sentirse bastante nerviosa. Iban a cruzar la frontera sin que nadie les detectase, lo cual era una misión extremadamente complicada. Pero estaban juntos, y eso les otorgaba una gran fuerza interior. Por el camino, de vez en cuando mantenían algún que otro tema de conversación sin elevar demasiado la voz.

—Ojalá todo salga bien —deseó Viktor—. Si confiamos en la historia, nadie en los pueblos externos a Valis debería juzgarme por ser un Saag. Además, hablamos mucho de mí, pero tú también podrás comenzar tu nueva vida como una chica. Dime, ¿cómo te has sentido últimamente con respecto a ello?

—Comienzan a darme igual ciertas cosas. Un nombre, un pronombre... Ayudan, pero no definen lo que soy, a si que ya no me afecta. Quien define lo que soy, soy yo misma. Más gente debería conocer la diferenciación entre "sexo" y "género". El "sexo" es lo biológico, lo que no puedes cambiar. En cambio, el "género" es el constructo social originado precisamente por la imposibilidad y/o gran dificultad para cambiar de sexo.

Creo que la vida es demasiado corta y que no somos nadie para juzgar las vidas de otros. Deberíamos vivir como nos apetezca y como nos haga más felices siempre que no hagamos daño a los demás. Siempre con unos límites, por supuesto. Me hace gracia el argumento de "si tú eres una mujer, ¿yo puedo ser un perro escopeta de feria que vuele?" Por Dios... hay ciertos límites. No es lo mismo pasar de ser un humano a ser un humano que pasar de ser un humano a un oso polar. Pero tampoco soy quién para imponer mis ideas, y tampoco creo que nadie deba hacerlo. Cada quien con sus ideales siempre que no hagan daño a los demás, y ya.

—Entiendo. ¿Sabes? El otro día leí una noticia de un hombre que se sentía una niña de cuatro años. ¿Qué opinas de eso?

—Son precisamente los límites de los que hablo. Una cosa es cambiarte de género, que es algo que ha creado la misma sociedad, y otra cosa es eso. En mi caso, estoy traspasando una línea social o biológica fácilmente manipulable con un pronombre o con una operación, respectivamente. Pero en el otro caso estás traspasando la línea temporal. Son casos muy distintos. Pero aun así hay gente que los compara. Y, mira, para mí no es una enfermedad... pero, en el caso de que sí lo fuese y yo estuviera equivocada, aun así nadie merece que le discriminen. Si según tú tengo una enfermedad, ¿por qué te metes conmigo? ¿No tengo suficiente con estar enferma como para que vengas a joder?

—Ya... oye, si tú te sientes una chica, ¿yo puedo sentirme un humano?

—Bah, ¡no es lo mismo! ¿Has escuchado mi explicación, capullo?

—¡Ja, ja! Era broma.

Un silencio de unos segundos cortó el ritmo de la conversación.

—Aun así, para mí, siempre tendrás el corazón de un humano. Iugh, ¿de verdad no estoy soñando? ¿Eres mi hermano de verdad?

—¿Qué estrella te bajo para que me creas?

—Ja, ja... de momento no hay ninguna. ¿Cuánto nos queda para llegar?

Viktor se detuvo en un callejón y señaló hacia delante.

—Mira. La frontera está justo... ah...

—¿Viktor? ¿Qué ocurre?

El chico señaló a una pared, la cual estaba llena de carteles que decían "se busca vivo o muerto", con la cara del Saag y una recompensa millonaria.

—Me buscan. Fíjate, la frontera está repleta de soldados. Posiblemente estén ahí por mí...

Julia, aun en la espalda de su hermano, se estiró un poco hacia abajo y logró tomar su mano con fuerza.

—Hey. Hey, tranquilo. Conseguiremos escapar.

—No lo dudo, Julia. Yo soy un Saag y podría cargarme a todos esos soldados sin apenas esfuerzo, pero tú... tú no. Te estoy poniendo en peligro al llevarte conmigo.

—¿Qué? ¡No!

Los potentes focos que giraban para iluminar todo el perímetro de la frontera iluminaron ligeramente el rostro del Saag, dejando ver lo que parecía ser una lágrima.

—Viktor, estás...

—Quédate. Por favor. Te prometo que volveré a por ti cuando todo se calme.

—¿Lo harás...?

—Lo haré. Te prometí que verías el cielo costase lo que costase, ¿no? Vamos, vuelve a casa.

Julia asintió con la cabeza decididamente y corrió en dirección hacia su piso.

—(Bien. Es la hora. No sé cómo volveré a por ti, pero lo haré).

Viktor corrió de nuevo de callejón en callejón, esta vez en solitario. Tras diez minutos analizando la vigilada frontera, encontró una forma de sortearla sin tener que asesinar a ningún guardia. Mientras tanto, Julia corría y corría hacia casa mientras pensaba en su hermano.

—(Confío en ti, hermanito. No tardes).

Pero la carrera no duró mucho. Ion se puso en medio del camino, cortándole el paso en seco.

—¿A dónde vas tan rápido?

Viktor intentó aprovechar su color negro azabache para sortear la frontera sin ser detectado, siempre sin ser apuntado por los focos. Pero su táctica falló, y, tras cometer la más mínima distracción, una de las grandes luces le apuntó y fue detectado.

—(¡Mierda!)

—¡Ahí está! ¡ENCENDED LAS ALARMAS Y LIBERAD A LOS SAAG!

—(¿¡A los Saag?!)

Una estridente alarma comenzó a resonar por toda la zona, alertando a todo el ejército. Justo después, unas enormes compuertas metálicas situadas en el suelo se abrieron de par en par, dejando salir al instante a cientos y cientos de Saag.

—(¿¡Qué?!)

Los soldados comenzaron a disparar desde la alta distancia contra Viktor. Sin embargo, y como ya esperaban, las balas no le causaban ni cosquillas; simplemente molestaban y distraían mientras la manada de monstruos corría hacia él. Consciente de que no iba a tener ninguna posibilidad contra tal ejército, destrozó las barreras de la frontera, lanzó por los aires a los guardias que la vigilaban y huyó a toda velocidad por el campo mientras el resto de Saag le pisaban los talones. Mientras tanto, Ion le cortaba el paso a Julia con una sonrisa y con las manos en los bolsillos.

—¿A dónde vas tan rápido?

—A—a mi casa... ¿quién... quién es usted?

—Tch —murmuró, molesto—. Tu hermano me conoce bien, ¿por qué no le preguntas a él? ¿Dónde está?

—...

—Ya, ya, no hace falta que me lo digas. La alarma se escucha desde aquí. Esto se ha acabado, chico. Ambos estáis muertos.

—¿Q—qué? N—no... yo...

—Y—yo, y—yo —imitó Ion con un tono burlesco—. ¿Sabes articular una palabra sin trabarte en el intento? Tu hermano tenía más agallas que tú.

—¿D—de qué os conocéis?

—¡Ja! Yo fui el que le torturó para sonsacarle información, pero se terminó transformando en esta cosa para ir a salvarte. Su mayor error fue no matarme, porque yo voy a matarte a ti ahora.

—No... no, e—espera.

—¿Qué pasa?

Julia había entrado en un intensísimo estado de nervios. Sus piernas temblaban y las palmas de sus manos parecían una fuente de sudor.

—E—espera...

—Oye, no tengo toda la noche —dijo mientras sacaba una pistola d esu bolsillo—. ¿No quieres que te mate?

—...

—De acuerdo, de acuerdo. Tengo una idea mejor.

Viktor seguía corriendo a toda velocidad del ejército de Saag, pero era inútil; cada vez estaban más cerca. En un último intento de pensar una forma de sobrevivir, vio a lo lejos una pequeña aldea que dormía. Muy a su pesar, tomó una drástica decisión y cambió de dirección hacia la aldea.

—(¿Ah? ¿Qué es ese ruido?) —Pensó Harold, molesto tras haber sido despertado por intermitentes temblores en el suelo.

El pescadero salió de su cuarto e intentó entrar en el de Nikko, pero se encontró con la puerta candada y unos extraños gemidos en su interior.

—¡Nikko, abre la puerta! Dios, ¿qué es esto? ¡¿Un terremoto?!

Harold salió al exterior a comprobar la situación. Casi toda la aldea había salido también, pero nadie entendía nada. Todo el mundo se quejaba mientras se tapaba los oídos, pero nadie movía un solo dedo en busca del causante. Entonces, el suelo comenzó a temblar ligeramente.

—(No puede ser. Esto me resulta familiar).

Negándose a reconocerlo, sacó sus prismáticos y miró hacia del horizonte. En efecto, era lo que él pensaba; la historia se repetía. Cientos de Saag corrían como locos por el horizonte, atraídos por otro Saag que parecía liderarlos.

—(No... ¡no, no, no!) ¡Atención! ¡Escuchadme todos! ¡Nos invaden! ¡ATENDEDME, JODER! (¡Agh, no hay manera! ¡Nadie me escucha! ¡¿Qué hago?!) ¡Nikko! ¡Celeus!

Harold corrió de nuevo al interior de la casa y comenzó a darle fuertes patadas a la puerta de la habitación de Nikko.

—¡Nikko, joder! ¡ABRE LA PUTA PUERTA! ¡NOS INVADEN!

Tras escuchar esto, Marvin dejó de violar a la chica, y, tremendamente asustado, abrió la puerta y escapó desnudo frente a un estupefacto Harold.

—¿Pero qué?

Cuando el hombre entró en la habitación y vio a Nikko herida, desnuda y llorando en silencio en un evidente ataque de ansiedad, enseguida comprendió la situación. Tras recordar lo ocurrido hace muchos años con su hija pequeña, su rostro se ensombreció.

—(La historia se repite, constantemente y en todos los sentidos. No... esta vez no se me escapa).

Harold alcanzó enseguida a Marvin y le agarró del cuello.

—¡Señor Harold! ¡Señor Harold, suélteme! ¡Yo no he hecho nada! ¡Yo no he hecho nada, lo juro por nuestro señor Jesús! ¡SUÉLTEME!

El hombre no mató al anciano, sino que se limitó a desfigurarle la cara a puñetazos y a atarlo contra la pared de la habitación, de manera que no pudiese escapar.

—Siembra tormentas y recogerás tempestades, viejo —dijo mientras Marvin rompía a llorar mientras se disculpaba con Dios—. Agradece que hice una promesa a alguien importante, si no, ya te habría matado. Disfruta siendo devorado por las bestias que se acercan.

Seguidamente, cogió a la aturdida muchacha en brazos y corrió al exterior.

—(¡¿Dónde coño está Celeus?!)

—¡Harold! ¡Harold, aquí!

El comerciante gritaba a lo lejos, subido en un carromato tirado por dos caballos.

—¡¿De dónde has sacado esto?!

—¡No hay tiempo! ¡Súbete junto con...! ¿Ah? ¿Por qué Nikko está...?

Celeus observó detenidamente una parte en concreto del cuerpo de Nikko; la clavícula. Un poco por debajo de esta, entre los dos pechos, había una "X" con la punta inferior derecha doblada hacia arriba, al igual que la de su traje.

—¡Eso no importa ahora, Celeus! ¡Huyamos!

Los Saag entraron en Shaga. Para sorpresa de Harold, el que parecía ser su líder no se detuvo a devorar gente como los demás, sino que huyó a toda prisa cruzando la aldea de punta a punta.

—¡¿Y ese?!

Cuando Viktor llegó al otro extremo de la aldea, el cual todavía era seguro, se detuvo un momento. Un hombre había saltado desde un tejado y se había posicionado delante de él mientras retenía a Julia y la encañonaba con una pistola.

—Volvemos a encontrarnos.

—¡Cabrón! ¡Suelta a mi hermana!

—¿Sí? Podría haberla matado hace un buen rato, pero quería hacerlo delante de ti. Vais a morir los dos igualmente, pero quiero que tú sufras antes.

—¡Viktor, huye! —Gritó Julia.

—¡Eso, haz caso a tu hermano! Quizá así me lo piense y le deje vivir unos minutos más.

—¡Suéltalo, cabrón!

—Tche, quieto. Un paso más y la mato. ¿Te suena esto?

Viktor bullía de rabia. Podía matarlo allí mismo sin ningún tipo de dificultad; sin embargo, Ion tenía el dedo en el gatillo y podría apretarlo en cualquier momento.

—¿Quieres hablar un poco antes? —Preguntó Ion con calma.

Mientras, los gritos y el ruido de los derrumbes se iba intensificando en la aldea, lo cual impedía a Viktor pensar con claridad.

—Suelta a mi hermana...

—¿Por qué debería hacerlo?

El chico logró calmarse, y, tras un profundo suspiro y con el suave viento nocturno rozando su deforme rostro, dejó de prestarle atención a la agonía que estaba teniendo lugar a unos pocos metros de sus espaldas.

—¿Tú no tienes sueños?

Ion se mostró sorprendido ante tal cambio. Sin embargo, no se ablandó.

—¿Sueños? Eso es de idiotas.

—¿Eso crees? ¿No será porque has visto frustrados los tuyos y te sientes insatisfecho con la vida?

—¿Qué? No. No, nada de eso, chaval. La gente se enfoca tanto en el banal deseo de cumplir sus sueños, y, cuando descubren que la mitad de ellos son una utopía que por un motivo u otro nunca podrán cumplir, se frustran y dejan de verle sentido a la realidad.

—Pero... ¿no te parece bonito que alguien anhele tanto algo que luche por cumplirlo? ¿No te parece algo digno de admirar que haya personas que, aun estando en la más profunda soledad, luchen por algo aun sabiendo que es imposible?

—Es... es ciertamente entrañable. Pero también triste.

—Entonces, por favor, te pido que dejes vivir a mi hermana. Ella tiene un sueño. Desde pequeña ha deseado disfrutar de un cielo lleno de estrellas, pero nunca ha podido porque en la ciudad no se ve ni una. Siempre ha tenido que conformarse con ver el cielo en libros o en películas. Este sueño no es utópico, Ion. Esta aldea está demasiado cerca de Valis y aquí no se aprecia bien, pero, caminando solo unos cuántos kilómetros más, ese sueño puede cumplirse.

Ion apartó poco a poco el dedo del gatillo.

—Eso es. Si quieres, me iré contigo para que me ejecuten, pero, por favor, deja vivir a mi hermana.

—¡Viktor, no!

El cazarrecompensas resopló y empujó a Julia contra Viktor. Casi al instante, los dos hermanos se fundieron en un abrazo.

—Dios... vaya sarta de tonterías —murmuró Ion—. Chaval, sigo odiándote, pero, ante todo, conservo una pizca de corazón.

—Gracias, Ion. Nos vem...

—Pero esa pizca no es para los hijos de puta.

Ion levantó el arma y disparó cuatro veces contra Julia.

—¡NO! ¡JULIA!

La joven cayó en los brazos de su hermano, pero ya estaba muerta. Dos de los disparos habían acertado en su cabeza. Cuando Viktor levantó la cabeza para localizar al cazarrecompensas, este había escapado. Completamente destrozado, se quedó allí, de rodillas y con el cuerpo de su hermana en brazos mientras una aldea ardía detrás de él.

—...

Mientras tanto, Celeus se ponía más nervioso con cada segundo que pasaba.

—¡Harold, joder! ¡Sube ya! ¡Nos van a alcanzar!

—¡Voy, voy! ¡Esta chica pesa lo suyo! ¡Parece que está muerta!

Justo después de que Harold subiera al carromato con Nikko en brazos, Celeus partió de la aldea. Sin embargo, no se dirigió en la dirección esperada.

—¡¿Qué haces?! ¡Al norte, Celeus! ¡AL NORTE!

El comerciante se dirigió hacia el este, provocando que varias decenas de Saag se desviaran del camino para perseguirles a ellos.

—¡¿Qué haces?! ¡Celeus!

Celeus no respondió.

—¡Celeus! ¡Celeus, responde! ¡CELEUS!

El joven se levantó y miró fijamente a Harold.

—¡No dejes solos a los caballos, idiota! ¡Estamos conduciendo sin rumbo!

—Lo siento, amigo. Todos aquí vagamos sin rumbo. Todos aquí nos guiamos por nuestros propios intereses. Tanto tú como yo.

—¡¿Y cuáles son los tuyos?! ¡Déjate de tonterías, niñato!

—Quitarte de en medio y llevar a Nikko al Rey.

Harold quedó petrificado.

—¿Qué? Tú... traidor de mierda...

—Ya te lo he dicho, Harold. Todos tenemos nuestros propios intereses. Te he estado utilizando para llevarle a Nikko en bandeja de oro y detener la masacre que su generación lleva provocando durante mil años. Con mirarte a los ojos puedo leer tus sospechas. Bien, pues todas ellas son ciertas. Yo retiré la Frontera Púrpura de Nueva Naila. Yo he retirado esta Frontera Púrpura también. ¡Yo te he convencido de que dejaras sola a Nikko esta noche para que ese viejo la violase y no te pudiese ayudar ahora! Sin embargo, yo no he llamado a ese ejército de Saag. Ha sido pura casualidad, y, aunque no estaba dentro de mis planes, me ha venido que ni pintado. Aunque, ahora que lo pienso, tampoco es que Nikko hubiera hecho mucho. Es una completa inútil, como bien nos afirmó en el refugio.

Los caballos tiraban independientes del carro, sin rumbo alguno, mientras los Saag corrían detrás de ellos y los dos hombres hablaban en la parte trasera.

—¡Dirige a los caballos, joder!

—Tranquilo, no necesitamos un destino en concreto. El campo sigue y sigue. Mira ahí, anda.

Celeus señaló detrás del hombre. Los Saag cada vez estaban más cerca.

—Astuto traidor... todo... todo lo has provocado tú.

—Es por un bien mayor, amigo. Sabes bien lo que la ascendencia de esta chica ha provocado durante tantos años. Si acabamos con su vida, todo terminará.

—¡Me da igual! ¡No tenemos tiempo, esas bestias nos van a alcanzar!

—¿Te da igual? Bien, te lo contaré de nue...

—No me importa —cortó Harold.

—¿Cómo?

—Que no me importa. Lo único que quiero es matarte. Estoy harto de tonterías. Ya lo prometí en su día. Cuidaré de Nikko, ¡cueste lo que cueste! ¡La haré una Guerrera fuerte! ¡Y no permitiré que escoria como tú la...!

—Ya está bien —cortó Celeus, serio—. No eres el único que ha sufrido, viejo. No eres el único cuyas promesas siempre quedan en el aire. ¿Sabes cuál es mi apellido de nacimiento, Harold? Meyer. Soy Celeus Meyer.

—¿Qué?

—Sí. Soy el hermano de Nikko. Aquel que "desapareció" un año después de nacer.

Harold no podía creerse lo que escuchaba.

—Pero... agh, ¡no juegues conmigo otra vez! ¡Voy a lanzarte a esas bestias!

—Tú eras muy amigo de Baido, ¿me equivoco? Entonces, supongo que te habrá contado que tuvo un hijo además de Nikko. Sí, tu rostro te delata. Sabes perfectamente lo que ese miserable hizo con su hijo, ¿verdad?

—Lo... lo abandonó en el cauce de un río. ¿Él... él eres tú?

—El mismo. Supongo que habrás dejado de preguntarte que por qué no defiendo a esta familia de mierda, ¿no? Siendo yo un bebé, me abandonó a mi suerte porque no nací con la Sangre Dorada.

—¿La Sangre Dorada?

Celeus suspiró.

—Tenemos decenas de Saag pisándonos los talones, a si que me temo que no podré ser yo quien te cuente la historia. Debemos decidir nuestro destino, aquí y ahora. ¿Sabes? En la época de Lix, hace mil años, los duelos eran bastante comunes y estaban amparados por la ley. Recreemos la historia una última vez. Te reto a un duelo.

—¿Qué? ¿Aquí, encima del carro?

—Sí. Justo aquí. Si pierdo, te marcharás con Nikko y continuaréis vuestra absurda aventura condenando al mundo durante muchos años más. Si yo gano, acabaré con tu vida y le llevaré a Nikko al Rey. Ya tenemos a su padre, pero él no posee al Rey Saag. Yo tampoco lo poseo. Por ende, debe poseerlo Nikko. Además, esa "X" que tiene debajo del cuello... fíjate —dijo mientras señalaba ese mismo símbolo en su traje.

—No sé qué es la Sangre Dorada, ni quién es el Rey Saag. Pero tienes razón, no hay tiempo. Bien. Acepto el duelo. No llevas ningún arma encima, ¿verdad?

—Estoy limpio.

Por un momento, un tenso silencio reinó el lugar. El panorama era ciertamente caótico; un carro sin conductor tirado únicamente por dos confusos caballos escapaba de una horda de Saag, todo mientras dos hombres se peleaban a muerte en él. Por mucho que Celeus se resistiera e intentara defenderse, lo único en lo que ganaba a Harold era en agilidad. Este último le superaba con creces en fuerza y resistencia, por lo que el comerciante no pudo inclinar en ningún momento la batalla a su favor.

—No alargues en vano el duelo, niñato. Soy un superviviente de la guerra. He vuelto de mil y una batallas solo con el fin de poder abrazar de nuevo a mi mujer y a mis hijas. Esta no será la excepción.

—No... ¡No voy a perder! ¡Voy a salvar a este mundo del peligroso legado de la luz! ¡Voy a recrear el paraíso de Dios! ¡VOY A HACERME CON TODAS LAS ESENCIAS PARA ENCONTRARME CON ALCMENA! ¡¡¡VOY A CONVERTIRME EN LA REENCARNACIÓN DE DIOS!!!

El joven recibió un último puñetazo que lo noqueó al instante.

—Deja de decir gilipolleces, imbécil. He ganado.

El hombre agarró al joven del cuello y lo posicionó en el límite del vehículo.

—Nada en el mundo me separará de Nikko. ¡Nada! Por mucho que me...

De repente, Harold recibió tres disparos en el costado.

—Tu promesa... quedará en el aire...

—¡...!

A pesar del balazo, Harold seguía agarrando a Celeus del cuello, apretando sus dientes con rabia mientras perdía cada vez más fuerza en sus brazos.

—¿Qué pasa, Harold...? —Preguntó Celeus mientras era estrangulado en el límite del vehículo—. ¿No eres capaz de soltarme? Lo veo en tu rostro. Me mentiste. No solo le temes a tu muerte, sino también a la de otros. ¿Un superviviente de la guerra? ¡No me hagas reír...!

—Le prometí...

—¡¿Eh?!

—Le prometí... a mi niña... que no mataría a nadie más...

—¿...?

El disparo terminó de debilitar al hombre, provocando que cayese del vehículo y que Celeus se liberara y lograra incorporarse al carro de milagro, tomando de nuevo el control.

—(Lo siento, amigo... pero creo que no podrás pescar en el mar. Tú velabas por un interés propio e individual, mientras que yo velo por un bien mayor. Por un bien común. El mundo conocerá la historia de una vez, y, con ello, el motivo de la eliminación de esta muchacha).

Harold perdió de vista al carro. Sin embargo, lejos de intentar perseguirlo o escapar de los Saag que se acercaban corriendo a él, permaneció en el sitio. Cuando se llevó la mano al costado y enseguida esta se tornó de color rojo, sonrió débilmente.

—(Lo siento, Baido. Me resultó imposible cumplir las dos promesas a la vez. Protegí a Nikko todo lo que pude, como te prometí. Y lo hice sin matar a nadie, como le prometí a mi hija enferma. Sin embargo, no logré hacer que Nikko se convirtiese en una gran Guerrera Elemental, al igual que lo eres tú. Je... la verdad es que me hubiera gustado verlo. Pero estoy seguro de que, conmigo o sin mí, lo logrará).

Finalmente, las bestias lo alcanzaron. Un Saag de los cientos que se encontraban alrededor lo agarró bruscamente.

—(Adiós, Nikko. Siempre fuiste como una hija para mí).

Y así fue como aquel hombre llamado Harold, quien decía ser un simple vendedor de pescado, desapareció lenta y eternamente de la existencia. Como la flor que se marchita sola, en mitad de un vacío campo que nunca debió ser su lugar, pero que se marchita feliz porque sabe que ha sido una agradable fuente de néctar para las abejas de alrededor. Aunque su mayor logro haya sido hacer feliz a los demás, incluso más que a sí misma, la flor no se arrepiente; deja caer su último pétalo seco esbozando una invisible sonrisa. Una sonrisa que solamente ella puede ver.

Unas horas más tarde.

Dicen que el querer es poder. Pero lo cierto es que eso no siempre se cumple. Quizá lo correcto sería "el saber es poder"... aunque tampoco es infalible. Hay muchas ocasiones en las que las injusticias superan al conocimiento y al honor de un ser humano. Aquella fatídica noche, tuvo lugar una de esas ocasiones.

La mañana cayó en Valis, y el sol comenzó a asomar por el horizonte, tímido pero intenso. Sobretodo para ser un frío día de noviembre.

—¡Abrid las compuertas! ¡Ha llegado!

Las grandes compuertas de la ciudad se abrieron de par en par, dejando pasar a un dañado carro en el que iban tres personas; un explorador con un rostro entristecido y apagado, un inexpresivo cazarrecompensas y una joven. Esta última, desnuda y cubierta únicamente con unos viejos arapos, tenía los ojos cerrados. Sin embargo, llevaba un buen rato despierta. Sabía de sobra todo lo que había ocurrido, desde la violación hasta la incorporación de Ion al carro después de que Celeus asesinara a Harold y lo expulsara del vehículo. Llegados a un punto en concreto, varios guardias cogieron a la muchacha y se la llevaron al interior del Palacio Real, separándola de Ion y de Celeus. Este último, lejos de sentirse orgulloso, la observó una última vez. Se percató entonces de que Nikko había abierto los ojos, solamente para expresarle mil y un sentimientos con sólo una mirada. Una paradójica mirada, inexpresiva y demasiado expresiva a la vez. Una mirada que, lejos de expresar algo, expresaba indiferencia, y que, a la vez, lejos de expresar indiferencia, expresaba odio. Una mirada que Celeus no comprendió del todo, pero sí lo suficiente como para saber que no sería la última vez que viera a Nikko Meyer, la Guerrera Elemental de la Luz.

VIII
EL JUICIO PERDIDO
DE LA INOCENCIA

Ion le hace saber a Heidfrig un importante deseo. Nikko recibe una cantidad ingente de información que no tiene más remedio que escuchar aun en su lamentable estado.

—Hacen falta generaciones nuevas de hombres. Generaciones nuevas cuyos problemas no radiquen en no llevar ropa de marca o en no poder comprarse el nuevo móvil del mercado el día de su salida. Generaciones críticas tanto consigo mismas como con el porvenir. Solo así el mundo cambiará, y los jóvenes volverán a ser conscientes de que el mundo es peligroso y de que no pueden ser débiles ante él. Porque estamos de paso en esta vida, ¿sabes? Y siento que la gente cada vez se preocupa por temas más banales. Es ciertamente desesperante. ¿Qué opinas?

La prostituta observaba estupefacta a Ion mientras su cigarro se consumía poco a poco en su mano. Ambos se encontraban desnudos en la cama del hombre tras terminar el servicio.

—¿Qué?

—¿Qué? Te he preguntado que qué opinas. Es un debate interesante.

—¿No vas a opinar sobre el servicio? —Preguntó la mujer con un despectivo tono.

—No. ¿Por qué iba a hacerlo? Qué eres, ¿una aplicación que he de puntuar con estrellas? Me ha gustado, y punto. Te he dejado el dinero en la mesilla. Ahora, largo.

—¡Bah! Por eso estás solo.

Aquellas palabras no causaron ningún efecto en Ion. Mientras la mujer se vestía, un perro grande y viejo entró en la habitación y pisó sinquerer a la mujer, desatando su furia.

—¡Oye! ¡Chucho pulgoso, largo! ¡Habrase visto! ¡Oye, tú! ¡Echa al bicho este de...!

Sin embargo, esas palabras sí que causaron efecto. Cuando la prostituta volteó para mirar al cazarrecompensas, este estaba apuntándola con una pistola mientras un cigarro se consumía en su boca.

—A mí insúltame todo lo que quieras, pero vuelve a hablarle así a mi amigo y te mato. Lárgate antes de que te pegue un tiro en la cabeza, zorra de mierda.

La mujer terminó de vestirse y se marchó asustada del apartamento. Justo después, cuando el hombre y el perro se encontraban solos, este último se subió a la cama de un salto y el cazarrecompensas lo acarició con suavidad.

—Te quiero, chico.

Media hora más tarde, Ion caminaba por los pasillos del Palacio Real hacia el despacho de Heidfrig. Desde que ocurrió el último incidente hace un mes, no había vuelto a ver ni a Celeus, ni a Viktor. Tras un profundo suspiro, llamó a la puerta de la sala del Rey.

—Buenos días tengáis, majestad.

—Ah, Kasar. Hace unas semanas que no sé de ti. ¿Cómo estás?

—Bien, bien. Disculpad mi poca presencia durante las últimas semanas... pero necesitaba pensar. Majestad, he tomado una decisión que quiero compartir con vos.

—Adelante, pues. Me pillas pintando uno de mis cuadros, pero no es molestia.

Ion tardó unos segundos en seguir hablando. Por un momento, dudó de si debía hacerlo o no.

—(No... no te acobardes ahora. Es momento).

—¿Kasar?

—Sí, sí, disculpad. Ejem... veréis, majestad. Me retiro.

La información piló desprevenido a Heidfrig.

—Oh. ¿Y eso por qué, si puede saberse?

—Os seré franco... me he hartado. Nunca había pasado un mes de tanta reflexión y comedura de cabeza. Casi pierdo la cordura. Ha llegado un punto en el que matar no me llena. Aunque sea a verdaderos malnacidos. Siento que ya no es como antes. Siento que, con cada objetivo que elimino, ilumino otras vidas mientras oscurezco la mía. Y no quiero seguir así. Siento que... al fin me he librado de una enfermiza obsesión.

Heidfrig quedó pensativo durante unos segundos.

—Mmmh... entiendo. Dime algo, Kasar. ¿Tienes algo que perder?

—Sí, majestad. Aún me queda un ser al que proteger. Y no uno cualquiera.

—Eso está bien. A mí ya no me queda nada por perder... y eso es ciertamente peligroso. Cuando un hombre no tiene nada que perder, se consume a sí mismo hasta que se convierte en un monstruo. No quiero que me ocurra algo así. Por eso, tengo una última misión que encomendarte. Sonará muy contradictoria con lo que acabo de decir, pero no siento que ellos sean algo que me moleste perder. Son solamente un peso innecesario.

—Soy todo oídos, majestad.

Heidfrig dejó a un lado el pincel y miró al cazarrecompensas.

—Desde que acabaste con uno de mis dos hijos, siento que un gran peso ha desaparecido en uno de mis hombros. Sin embargo, me queda otro hombro. Otro hijo. Quiero que lo elimines.

Ion sonrió.

—Es justo el objetivo que pensaba retomar. Nunca dejo nada a la mitad. Ah... majestad, ¿puedo preguntaros algo?

—Soy todo oídos, Kasar.

—Je... esto... sé que la pregunta puede sonar algo personal, pero... ¿por qué le guardáis tanto rencor a vuestros hijos?

Heidfrig no respondió al instante, sino que caminó lentamente hacia la ventana y observó el industrializado horizonte con una melancólica mirada.

—Aunque lo parezca, no es algo que me guste. Cada día intento superar este sentimiento, pero me resulta imposible. Odio odiar a mis hijos. Odio odiar en general. Pero, desde aquella mañana de diciembre...

Hace 16 años...

—¡Julen! ¡Julen, amor mío! ¡Mira!

—¿Qué ocurre, querida?

Aquella versión del Rey no se comparaba en nada con la del presente. Aquella versión esbozaba una sonrisa que transmitía confianza, y poseía una mirada que iluminaba cualquier rostro que observase. Era un hombre feliz. Un hombre enamorado. Enamorado de una mujer, y, sobre todo, de la vida.

—¡Mira, cariño! ¡Nate ha dicho su primera palabra!

—¿Oh? ¡Eso es genial! A ver, Nate. ¡Di "papá!"

—Ma... ma... mam... mama... ¡jia! —eructó.

—Ah, no, ¡eso no! "¡Papá!"

La mujer se rio, emocionada. Unos instantes más tarde, se dio cuenta de que su otro hijo, de cuatro años, observaba la situación desde el pasillo con una expresión notablemente celosa.

—¡Viktor, cariño! ¡Tu hermano ha dicho su primera palabra!

Definitivamente era una familia feliz. Una familia cuyos lazos parecían imposibles de romper. Pero los años pasaron, y un peligroso interés comenzó a nacer en ese niño de cuatro años, quien ahora tenía ocho. Aquel interés no era otro que el de la "Esencia Púrpura", una misteriosa sustancia brillante y viscosa que se llevaba estudiando durante un milenio. Aquel inocente y superdotado muchacho, cuyo nombre era Viktor, no tardó en volverse un estudioso de aquel extraño y desconocido campo. Se dio cuenta de que, para haberse estudiado durante mil años, no se había avanzado casi nada.

—(¿Es que no saben trabajar o qué? Yo seré quien por fin progrese con ello. ¡Te haré sentir orgulloso, papá!)

Desde que conoció aquella sustancia tras espiar a los científicos del laboratorio de su padre, su interés por ella no dejó de crecer. Hasta aquel día.

—Nate. En, Nate —susurró Viktor desde la litera superior.

—Ay, calla... son las ocho de la mañana...

—¡Y también el cumple de mamá! ¡Vamos, levanta! ¡Hay que darle el regalo en el que llevamos tanto tiempo trabajando!

Los dos hermanos se levantaron, cogieron el regalo y se presentaron en la habitación de sus padres.

—¡Mamá, mamá! ¡Felicidades, mamá!

—¿Viktor? ¿Nate?

—Ay, hijos míos... cuánto me alegra que os hayáis acordado del cumpleaños de vuestra madre. ¿Quién lo recordó antes?

—¡Fui...!

Viktor miró de reojo a su hermano antes de responder.

—Fue Nate. Él me lo dijo.

Heidfrig se mostró sorprendido.

—¡Bien hecho, Nate! Como siempre, ¿eh?

—Ah...

La mujer se levantó y se posicionó delante de los dos niños.

—A ver, a ver. Veo que escondéis algo detrás. ¿Puedo verlo?

Viktor y Nate se miraron, esbozando una sonrisa traviesa. Cuando la madre abrió el regalo, tanto su reacción como la del hombre no fueron para nada las que los dos niños esperaban.

—Esto... esto es...

—¡Una pistola de Esencia Púrpura! ¡Mira, papá! ¡He estudiado mucho para hacerla! ¡Ahora mamá podrá hacer comidas más ricas!

El padre se levantó con un rostro sombrío.

—Hijo mío... ¿sabes si quiera para qué sirve?

—Esto... ¿no es un ingrediente genial para cocinar? Lo leí en uno de los libros que me dej...

—¿Qué clase de libros manipulados has leído? —Interrumpió.

—Los... los que tenía en... y—yo... m—mira, ¡t—te lo voy a demostrar!

Viktor cogió la pistola y apuntó a la pared.

—¡No! ¡Viktor, para! ¡NO!

Haciendo caso omiso a su padre, disparó. La bala rebotó tres veces y terminó impactando en su madre, quien cayó al suelo al instante.

—¡Jane! ¡JANE, NO! ¡¡¡JANE!!!

Ambos niños quedaron aterrorizados, tanto que el mayor dejó caer el arma al suelo. Aproximadamente un minuto después, la madre se transformó en una infame bestia fuera de control. Por una parte, intentaba matar a su marido; pero por otra parte, se notaba que no quería. Un gran conflicto se había generado en el interior de Jane, quien ahora era un viscoso monstruo gracias a la insolencia e infantil ignorancia de sus hijos.

En el presente.

—¿Qué fue de su esposa, majestad?

—Tuve que acabar con su vida. Cada segundo que pasaba era un injusto sufrimiento para ella. Estaba enamorado de ella, Kasar. Fue la primera y última persona que me quiso de verdad. Y esos dos niñatos lo estropearon todo. Los amo y los odio a la vez. Por eso quiero acabar con esa dualidad que me está haciendo tanto daño. Quiero... quiero comenzar de cero. Juego con vidas inocentes, tengo a científicos desalmados experimentando con ellas, invado y apreso a aldeanos de pueblos inocentes rompiendo sus Fronteras Púrpuras con la excusa de que ya no me dan dinero... pero es mentira. El dinero no me importa. Valis puede irse a la mierda si hace falta. He probado a experimentar con todo tipo de animales, pero la Esencia Púrpura tiene efecto nulo en ellos. Solo me quedan los humanos. Y, si unos cuantos humanos me sirven para encontrar una cura y que nadie más sufra el destino de mi amada, todos los sacrificios habrán valido la pena. Lícito, no lícito... ahí entra un duro y polémico debate. Pero mi opinión es que a largo plazo valdrá la pena. Todos deberíamos guiarnos por los bienes a largo plazo. Ah... también me contradigo mucho en esto, lo sé. Si los uso como arma de guerra, es también porque son la mayor defensa que tenemos. A partir de su transformación, no sirven para otra cosa. Solo para sufrir. Dime, Kasar... —dijo Heidfrig mientras una lágrima brotaba de su ojo derecho—. ¿Me hace todo esto un villano? ¿Soy yo el villano aquí? ¿O son los niños los villanos por haber disparado aquel arma, víctimas de su propia ignorancia? ¿O son los villanos los que manipulan los libros de ciencia con el fin de ocultar las verdaderas intenciones y utilidades de la Esencia Púrpura? Debí haber condenado esa manipulación cuando pude. Tenía el poder para hacerlo, y, cegado por el odio, lo dejé pasar. Ahora me arrepiento. Me arrepiento de muchas cosas.

—...

Unos segundos después, el Rey soltó una pequeña risilla forzada y miró de nuevo al cazarrecompensas.

—¡Ja...! Vamos, los hombres no lloran. Y menos cuando tienen la respuesta a sus problemas delante de sus narices.

—¿La respuesta?

—Sí. La clave de todo es ella. Su sangre es la única que puede otorgarme al fin una cura. Es el motivo por el que aún no la he matado.

—Te refieres a...

—Nikko Meyer.

Un rato después, cuando la conversación finalizó, Ion caminaba de nuevo por los pasillos del Palacio Real mientras se dirigía a cierta sala subterránea.

—(Si eso le hace un villano a usted, majestad, ¿yo qué soy? Todos nos movemos en base a objetivos propios y egoístas. Algunos en mayor medida, otros en menor. Pero nadie se salva).

Cuando Ion llegó a la sala, observó apenado lo único que se encontraba en ella. El lugar era básicamente un enorme cuadrado blanco con las paredes acolchadas en el que no había nada más que una sucia joven. Una joven atada de pies y manos con el pelo desaliñado, un camisón roto y una mirada perdida que expresaba todo y nada a la vez.

—Durante este mes me he dado cuenta de que no eres de muchas palabras, Meyer. Creo que me debes una pequeña charla, ¿no? Todo este mes he estado mintiendo diciendo que te he estado torturando, cuando no te he tocado ni un pelo. Lo único que no puedo impedir es que estés aquí encerrada y que tu comida se base en un mendrugo de pan con un poco de agua. La verdad es que estás de suerte. Ya no soy el de antes. Si me hubieras pillado hace unos meses, probablemente te habría aplastado los dedos de los pies con los alicates... pero eso ya no es para mí. Prefiero hablar. Ya sabes, de persona a persona. De hombre a mujer. ¿O debería decir de hombre a Saag?

—...

La mirada de la muchacha seguía perdida. Sus ojos, secos y entrecerrados, miraban todo el rato al mismo punto del suelo. Ion suspiró profundamente.

—Chica... da pena verte. De verdad que tienes mucha suerte de que te hayan dejado a mi cargo. Llegas a estar a cargo de esos científicos locos y probablemente ahora estarías gritando de dolor. Mírate... parece que eras una chica guapa y sonriente, pero te han destrozado. Alguien externo a Valis te ha destrozado y apagado. Hueles mal, estás desnutrida y tus ojos ya no brillan. Vamos, di algo.

—...

Ion suspiró de nuevo y se sentó en el suelo, mirando con desgana la simple sala.

—Está bien, no hace falta que hables. Aun así, sé que me escuchas, a si que voy a contarte algo. Algo que seguramente llevas queriendo saber mucho tiempo. ¿Te suena el nombre "Lix"?

Los ojos de Nikko se abrieron de par en par por unos instantes.

—Oh... de acuerdo, me tomaré eso como un sí. O como un más o menos. Verás, hace exactamente mil años, existió un héroe. Un héroe cuyo nombre era "Lix". Dicho héroe no era más que producto defectuoso de una mujer que, pasto de los viles experimentos del Gobierno con la Esencia Púrpura, parió a seis hijos a la vez, evidentemente falleciendo después. Como ya sabrás, hace mil años se descubrió un virus. Quizá ahora mismo te estés preguntando "¿un virus en el siglo IX?". Si la ciencia nació mucho después. Bueno, el tema es que no lo descubrió la ciencia como tal. Pero esa ya es otra historia.

Aquel virus, cómo no, la humanidad lo utilizó para el mal, convirtiendo a gente inocente en auténticos monstruos en contra de su voluntad. Esos monstruos son los que hoy denominamos "Saag". Esos seis hijos, a pesar de que la mujer sufrió los experimentos para ello, no nacieron únicamente como Saag. Una extraña mutación les dotó también de las llamadas "Esencias", unas extrañas facultades que les permitían dominar ciertas habilidades. Todos crecieron, fueron entrenados y se desarrollaron correctamente... a excepción de Lix. Su Saag no era como el de los demás. Era inteligente y no transformaba a su portador, sino que se limitaba a crearle una "X" con la punta inferior derecha doblada hacia arriba en la parte de la clavícula, símbolo el cual se iluminaba cada vez que Ragma poseía el cuerpo y se hacía con el control. Aquel Saag se hacía llamar a sí mismo "Ragma Besdara", y se autoproclamó como "El Rey Saag". Para sorpresa de nadie, usaron a Lix para el mal. Fue un niño que apenas conoció lo que era la felicidad. Un niño cuya inocencia fue arrebatada tan rápido como se pudo. Un niño que fue utilizado para cientos de dolorosos experimentos, y, lo que es peor, como arma de guerra. Comprendo las dudas que estarán surgiendo en tu interior, Meyer. Sin embargo, no debes preguntarte quién fue el Gobierno que fue tan malvado como para hacer algo así. ¿Sabes por qué? Porque no fue únicamente el de Valis. Todos, de una forma u otra, colaboraron en ello. Y los que no lo hicieron, contemplaban la situación en silencio como los maquiavélicos cómplices que eran. Es como en la actualidad cuando ocurre un suceso trágico en plena calle y todo el mundo graba en lugar de ayudar. Todos utilizaron a aquel niño por y para sus intereses bélicos, obligándole a transformarse una y otra vez, cada una de ellas rozando la muerte más de cerca. Le veían vomitar sangre, sufrir mutilaciones continuas de sus extremidades, asesinar a esclavos mientras lloraba... pero no valoraban su dolor. "Da igual, es un monstruo". "Está destinado a morir". "Puede regenerarse infinitamente", decían, viendo no más allá de su dolor físico. Así es, Guerrera. Los intereses del ser humano pueden llegar hasta ese punto. Pero todo tiene un límite, y, por muy joven que fuera aquel niño, los líderes mundiales tensaron demasiado la cuerda de su corazón. Su alma terminó corrompiéndose, y, un día, cuando tenía dieciséis años, en un arrebato de dolor causado por el continuo rechazo y la constante y cruenta tortura diaria, Besdara dominó su cuerpo y perdió la cordura. Pero no para seguir órdenes esta vez, sino para romperlas. Para romperlas de la forma más desesperada posible. Víctima de lo que se denominó como "La Quinta Dominación", el muchacho, poseído por el furioso

Besdara, arrasó cuatro naciones enteras antes de que lograra ser derrotado, entre las que se encontraba la comarca en la que vivimos: Kanvar. Millones y millones de inocentes asesinados por un alma corrupta. Sin embargo, Nikko, debes discernir y preguntarte algo: ¿quién es el enemigo aquí? ¿Cuál es el alma que merece perecer y ser olvidada eternamente? ¿La de los Gobiernos, que utilizaron al niño por su interés? ¿O la del niño Lix, que nunca conoció la parte bondadosa de la humanidad, y que, desde que tuvo uso de conciencia, vio a los humanos como a sus enemigos? Ya lo dijo el padre del psicoanálisis: el motivo principal manifestado desde que somos pequeños es la búsqueda del placer. El niño busca lo agradable y evita lo doloroso. Lix pocas veces conoció lo agradable. Pocas veces conoció el placer. Solo el odio. Y cuando reaccionó ante la injusticia, la justicia le trató como el villano. Generación tras generación, hasta hoy. Pero la historia se cuenta de forma traicionera, Meyer. Los verdaderos villanos son los que el rebaño de ciudadanos admira ahí arriba. La élite que supuestamente vela por la verdad y la prosperidad es la que más aboga por la destrucción con tal de llenar sus panzas e irse a dormir tranquilos y seguros en una cama caliente un día más. Los que incitan al odio al inocente. Los que alteran la paz y la justicia. Esos son los que deben morir. Por eso voy a ayudarte, muchacha. Por eso no te he torturado este último mes. Pienso matar al Rey, y tú me ayudarás. Después de eso, te mataré a ti. Sé que suena contradictorio con lo que he comentado acerca de mi cambio, pero esto ha llegado a un punto de no retorno y debe terminar. Aún no se sabe con certeza, pero se cree que, si el núcleo es destruido, todos los Saag morirán al instante. Y el núcleo es Besdara. Viendo que arrasó con cuatro naciones, no espero poder derrotarlo, pero oye, que no se diga que no lo he intentado. Así acabaré definitivamente con un ciclo que lleva repitiéndose incansablemente durante mil años. La generación de genocidas de la luz terminará en ti.

Nos vemos, Meyer. Confío en que te liberes pronto de esas viles ataduras que aplastan tus desnudos brazos.

Ion salió por la puerta, no sin antes decir una última frase que resultó catártica para la apagada muchacha:

—Tu padre está vivo.

El cazarrecompensas salió de la habitación. Aquella frase, aunque el hombre no lo viera, había abierto de par en par los ojos de Nikko. Pero no solo esto; sus ojos ahora temblaban con una rabia tan feroz que parecía que en cualquier momento iban a salirse de sus órbitas. Sin embargo, no podía gritar. No tenía voz. Era como si, durante el último mes, se la hubieran robado poco a poco.

—¡...!

Ion se dirigió de nuevo al despacho de Heidfrig.

—Hecho, majestad. La he torturado como yo sé —mintió—, pero no ha soltado palabra.

—Bien, bien. Puedes marcharte, Kasar.

Cuando el cazarrecompensas iba a salir por la puerta, el Rey le detuvo con una última revelación.

—Valis no se encuentra en buena situación.

—¿Cómo?

Heidfrig movió un peón de un tablero de ajedrez que se encontraba en su mesa, de tal manera que derribara al rey.

—Seguimos siendo la nación más potente del mundo, tanto militar como económicamente. Sin embargo, todas tienen el ojo puesto en nosotros. Sería un gran problema que formasen una alianza. Por muy poderosos que seamos, es extremadamente improbable que podamos inclinar la balanza a nuestro favor con tantos países en nuestra contra. Por eso pienso despertar de nuevo a Besdara y ponerlo de nuestra parte, pero cabe la gran posibilidad de que se vuelva contra todos nosotros como ocurrió antaño. Si eso ocurre, no tendríamos absolutamente nada que hacer. Ni nosotros ni ninguna nación del globo. ¿Qué debería hacer, Kasar? ¿Confío en mi ejército y en mi nación y prescindo de ella, eliminándola aquí y ahora? ¿O me arriesgo a confiar en su poder?

Ion tardó un poco en responder.

—Haced lo que vos creáis conveniente. Por algo sois el Rey. Pero procurad que, hagáis lo que hagáis, no sea esa vuestra última voluntad.

El hombre salió de la habitación, dejando solo a Heidfrig. Unos minutos más tarde, otra persona entró en la sala del Rey.

—¡Celeus!

—Hola. Traigo tus medicamentos, tal y como me pediste.

—Sí, sí, déjalos en la mesilla.

El chico obedeció y, seguidamente, se agachó y apoyó su cabeza en la pierna de Heidfrig mientras este acariciaba su cabello.

—Oye... —dijo el cazarrecompensas con un tono suave.

—¿Sí?

—¿Por qué me recogiste del río, padre?

Heidfrig no respondió al instante.

—Ya conoces la historia, Celeus. Te gusta escucharla, ¿eh?

—No precisamente.

—Je... ya, solo bromeaba. Todo es tan efímero... de un día para otro pasé de estar acompañado y ser feliz a estar solo y deprimido. No podía soportar un cambio tan brusco. A pesar de que odiara a mis hijos desde aquella tragedia, necesitaba su amor. Necesitaba un amor tan grande como el de un hijo. Ah... me estaba volviendo loco. Entonces, en uno de mis paseos matutinos, apareciste tú; un bebé regordete abandonado a la orilla de un río y traído a mí por la corriente. Es un verdadero milagro que sobrevivieras. Tú me diste ese amor que tanto echaba de menos. El amor que yo mismo me encargué de apartar de mi vida.

—...

Un rato después, Celeus se dirigió pensativo y con sigilo hacia la sala de Nikko. En silencio, el intruso observaba fijamente a la inexpresiva muchacha.

—Nikko...

Cuando la chica vio a Celeus, comenzó a tambalearse con una gran rabia, provocando un estridente sonido procedente de los oxidados grilletes y cadenas.

—Detente. No puedes liberarte. Tu única opción es escucharme.

Tras un intenso minuto cegada por la ira, la Guerrera se relajó de nuevo.

—Soy yo, Nikko. Tu hermano mayor. El famoso hermano "desaparecido al nacer". El hermano que en realidad fue arrojado a un río por no haber heredado la sucia Sangre Dorada que tan en jaque ha puesto a la humanidad durante tanto tiempo. Pero, ¿sabes qué? Lo he pensado. Lo he pensado, y estoy orgulloso de no haber nacido con dicha sangre. Estoy orgulloso... de haber podido vivir una vida plena gracias a ello. Orgulloso de no haber pasado toda mi juventud ocultándome como una asquerosa rata, al igual que has hecho tú. Así es, mi querida hermana. No fue Valis quien eliminó la Frontera Púrpura de Naila; fui yo. No fue Valis quien eliminó la Frontera de Shaga; también fui yo. Sin embargo, no fue otro que Valis el que atacó Shaga con su nuevo ejército de Saag. Lo cierto es que el ataque no me lo esperaba; fue fruto de una bonita casualidad sumada a la misteriosa persecución a otro Saag que rondaba por ahí. ¿Quién es el villano entonces? ¿Valis? ¿Yo? ¿Ambos? Quizá. O quizá lo seas tú y toda tu infame generación. Sin vosotros, nadie habría tomado medidas tan drásticas. ¿O sí? Lo cierto es que nadie sabe cómo sería el mundo ahora si nunca hubieseis existido. Pero está claro que sería un lugar mejor.

—...

Celeus cruzó los brazos.

—Te contaré algo. Algo por lo que también debes ser eliminada. ¿Conoces a Alcmena y a las Cinco Penitencias?

—...

—Como sea. Vuestro querido Lix, quien tantas millones de muertes provocó, no sólo mató, sino que también creó a seis potentes Saag: las Cinco Penitencias y Alcmena. Quizá te preguntes, ¿quién es realmente Alcmena? Ja... ni yo, el mejor explorador del mundo, ha logrado llegar a una conclusión. Son ínfimas las probabilidades de que alguien logre verlo por la noche. Pero se sabe que es el más poderoso de todos los Saag, haciéndole rival únicamente Besdara. Si utilizas tus cuatro Esencias de la Luz o Besdara te domina cinco veces, este se hará con el control de tu cuerpo para siempre y las Cinco Penitencias serán automáticamente liberadas de su cripta. ¿Sabes de qué cripta hablo? En efecto: Las Ruinas de la Luz. Aquel lugar que dijiste ayudarme a encontrar. Por suerte, a excepción de Lix, todos los Guerreros de la Luz hasta ahora han muerto antes de dominar todas sus Esencias y Besdara ha dominado a unos pocos, no llegando a las cinco dominaciones. Y tú no serás la excepción. Alcmena está esperando, en algún recóndito lugar, a que sus cinco poderosos aliados sean liberados. Pero no. No le daré ese placer. Si te mato, nadie sabe qué pasará... pero lo más seguro es que todo termine. Que todos los Saag perezcan, desapareciendo así de la faz de la tierra. A si que muere, puta escoria. Muere de una vez.

Celeus sacó una pistola y abrió fuego a bocajarro contra Nikko. Tras disparar una siete veces y dejar su cuerpo agujereado, sopló el gatillo y procedió a darse la vuelta.

—(Alguien debía hacerlo de una vez).

Sin embargo, antes de que se marchara, escuchó un pequeño gemido.

—¿Qué? Sigues... ¡¿sigues viva...?! ¿Cómo...? ¡¿Cómo es posible?!

Nikko le lanzó una última mirada a Celeus. Una mirada que, al igual que la de hace un mes, expresaba un inhumano odio a través de sus ojipláticos ojos mientras la herida de bala se regeneraba liberando un tenue humo.

—Y—yo... yo tenía razón... —dijo el joven, aterrado tras chocar su mirada con la de Nikko—. Mira la velocidad a la que se cierran esas heridas. Eres... eres un monstruo. Eres el último monstruo que verá tu familia, y el que, gracias a su sacrificio, nos salvará a todos. Pero la curiosidad humana a veces puede al instinto de supervivencia, y estos locos quieren estudiarte antes de matarte por algún motivo que no me explico. En fin, es su decisión. Pero si no acaban contigo pronto, yo me tomaré la justicia por mi mano. De momento, quiero verte sufrir un poco más —se dio la vuelta—. Nos vemos.

Cuando el explorador estaba a punto de cruzar la puerta, escuchó un titubeo detrás de él. Por primera vez en un largo mes, Nikko lograba articular una palabra, aunque a duras penas.

—T...T...Te... T... Te...

—¿Qué?

—P... Pa... Pa...

Celeus resopló.

—Sí que eres pesada.

Finalmente, el joven se marchó, dejando sola a la Guerrera.

—Padre...

IX
NADA QUE PERDER

Heidfrig utiliza su última y más cruel baza para sonsacarle información a Nikko. El resto de Guerreros Elementales entran en acción tras el regreso de un poderoso y ancestral monstruo.

Eran las cuatro y media de la madrugada. Aquella noche, como muchas otras, el Rey no lograba pegar ojo, por lo que decidió salir a su lujoso balcón para observar la ciudad. Aun siendo tan tarde, algunas habitaciones de los grandes edificios tenían su luz encendida y se podían ver algunos coches circulando por la carretera.

—(Ahí fuera se respira una realidad diferente. No... varias realidades diferentes. Yo diría que tres. La primera es la mía; una realidad sin preocupaciones más allá de la envidia del resto de naciones y del bienestar de mi pueblo. Una realidad en la que vivo tranquilo, encerrado en la falsa burbuja de comodidad que me otorga toda esta riqueza material. La segunda es la de las grandes ciudades, como Valis. Gente de bien que vive cómodamente a cambio de una jornada laboral diaria y un sueldo mínimo. Gente de bien... pero ciegos, al fin y al cabo. Ciegos y fácilmente manipulables cuando les ofreces un mínimo de privilegios. Y la tercera realidad... ah... la realidad de los disidentes. Aquel mundo paralelo en el que viven los que un día, hace mil años, se declararon como *lixoístas* y desertaron de las ideas de los grandes líderes, apoyando a un vil monstruo con el argumento de que solo fue un niño maltratado. Esa es la realidad con la que hay que acabar. Y no voy a rendirme hasta que desaparezca. Sois una lacra... romperé con el pacto que hizo mi familia con vosotros, y, poco a poco, retiraré las Fronteras Púrpura a traición. Os despojaré de todo lo que amáis. En un par de años, ya no habrá ni rastro de vosotros).

Tras unos segundos siendo víctima de una gran rabia, suspiró y se relajó. Mientras tanto, un guardia de seguridad bajó a la sala de Nikko, bostezando y de mala gana.

—Eh, tú. Nos empezamos a cansar de que no sueltes nada de información. Siempre tienes la misma puta expresión en la cara. ¿Eres un robot o qué? Ja... nah, en realidad esto mola. Puedo insultarte todo lo que me de la gana porque no puedes hacerme nada. Mírate. Sucia, de rodillas y atada con unas cadenas oxidadas. Das vergüenza. Todo tu linaje da vergüenza. Si pudiera, te mataría aquí mismo.

—...

—¡Di algo, zorra! —Exclamó el guardia antes de darle una patada en la cara para después agarrarla bruscamente del pelo—. ¿Sabes? Estoy bastante excitado ahora mismo. ¿Por qué no jugamos un rato?

Justo cuando el guardia iba a bajarse el pantalón, una voz le frenó en seco.

—¿Qué te crees que haces?

—¡Ma—majestad! ¡Yo...! ¡Interrogaba a la esclava, señor!

—Largo de aquí.

El vigilante huyó despavorido, dejando solos a Nikko y al rey. Este último observaba a la muchacha con aire indiferente. Sin embargo, por algún motivo que no lograba descifrar, su estado le daba algo de lástima. Aunque ese sentimiento no tardó en desaparecer.

—Meyer...

—...

Nikko levantó la mirada para observar al Rey con un notorio odio.

—Llevamos un mes contigo, y aún no has hablado con nosotros. Las naciones tienen el ojo puesto en nosotros, y podríamos recibir un ataque sorpresa en cualquier momento. Si piensas que tenemos todo el tiempo del mundo, te equivocas.

—...

El Rey sonrió.

—Vamos... tienes la información que necesito. Tienes todo lo que he de saber para encontrar la cura a la infección que tu generación ha mantenido vigente durante mil años. ¿No es algo que tú también harías si pudieses? Ya sabes, regresar a aquella época en la que el único sentimiento que rondaba tu mente era la felicidad. Una época en la que no tenías preocupaciones más allá de jugar y hacer felices a los que te rodeaban. Una época destruida por culpa de la maldita Esencia que tu puto linaje lleva heredando años y años. Si te matáramos, todo terminaría... pero no puedo. No todavía. Primero encontraré la cura, y, después, te volaré la cabeza. Aunque, si es cierto eso de que rompiendo el núcleo todos morirán, esta búsqueda será una pérdida de tiempo. Pero nadie sabe si eso es cierto o no. Te haré la pregunta una última vez. ¿Piensas hablar?

—...

—Está bien —chasqueó los dedos.

Unos instantes más tarde, unos guardias reales entraron en la gran sala agarrando a un hombre torturado. Cuando Nikko lo vio, entró en cólera, provocando un gran ruido mientras intentaba liberarse de las oxidadas cadenas.

—¡Pad...! ¡Pa...! —Tosió sangre— ¡PADRE!

Heidfrig comenzó a reírse a carcajadas.

—¡Lo sabía! ¡Sabía que así hablarías!

—Ni... Nikko...

Cuando el hombre levantó la cabeza y ambas miradas chocaron, se produjo una etérea colisión de sentimientos que hizo que la joven comenzara a llorar.

—¡PADRE!

—Hija... lo... lo siento...

—¡Padre...! ¡Soltadle! ¡SOLTADLE, CABRONES! ¡¡¡SOLTADLEEEEEEEE!!!

—¿Cómo? ¿Esperas que liberemos a tu querido papi sin recibir nada a cambio? Las cosas no funcionan así. Los disidentes como tú merecen la muerte. Si no quieres que la de tu padre llegue ahora, más te vale hablar.

—¡NO SÉ NADA! ¡NO SÉ NADA, JODER! —Repetía desesperada a pleno pulmón—. ¡¿QUÉ COÑO QUIERES QUE DIGA?!

—Para empezar, que no me grites —chasqueó los dedos de nuevo.

Los guardias, a la orden de la señal del chasquido, encañonaron a Baido con una escopeta.

—¡¡¡PADRE!!!

—Si lo que dices es cierto y no conoces lo que eres, me das vergüenza. Que un linaje tan importante como el tuyo haya acabado en esto es verdaderamente lamentable. Los Guerreros de la Luz terminarán en una muchacha inútil que no conoce ni sus capacidades ni la historia de su propia herencia. Es culpa tuya, viejo. ¿Por qué dejaste que tu hija creciera en la ignorancia? Que manera de manchar vuestro...

—Hice... bien —interrumpió Baido.

—¡Padre!

—Así logré... que viviera una vida feliz sin conocer lo terrible que ha sido nuestra familia desde hace mil años —tosió—. Logré que creciera en la ignorancia para que se pudiera bañar en el mar de la felicidad en lugar de bañarse en el mar de desesperación en el que nos bañamos todos los Guerreros de la Luz. Y mírala... hija... qué guapa estás...

—Guapa precisamente no —corrigió Heidfrig—. Agh, todos sois igual de mentirosos y aduladores.

—¡Padre...! ¡Salgamos de aquí! ¡Padre!

—No, hija... —respondió Baido, esbozando una sonrisa cansada—. Ha llegado mi hora. Todos estos años viví intranquilo. Me causaba más desasosiego el hecho de no saber nada de ti que la propia tortura de estos animales... pero ahora sé que estás viva. Con solo mirarte a los ojos, sé que podrás salir de aquí y darle la vuelta a las cosas.

—¡No! ¡Saldremos juntos!

Nikko intentó ir con su padre, pero las cadenas hicieron que la piel de sus brazos se arrancase y que estos comenzaran a sangrar, provocando que gritase y llorase de dolor. A pesar de todo ello, se dio cuenta de que una pequeña sombra con siete ojos se iba deslizando poco a poco hacia ella por el suelo.

—Adiós, cariño. Estoy orgulloso... de haber logrado que tu ignorancia se convirtiera en felicidad. Pero este momento tenía que llegar. Ya conoces la verdad... ja... supongo que era inevitable tarde o temprano. A partir de aquí, todo será cuesta arriba. Debes elegir, hija... ¿utilizarás tu poder para darle la vuelta a la historia y convertir nuestras futuras generaciones en héroes? ¿O te sacrificarás en pos de una humanidad que posiblemente nunca te verá como una heroína aunque ayudes a millones de personas? Parece ser que a mí me ha tocado la segunda opción.

—¡Padre!

—Arranca de raíz la verdadera maldad de este mundo, cariño. Confío en ti.

El guardia apretó el gatillo de la escopeta, volándole la cabeza a Baido. Nikko quedó en shock. Su mente había pasado de tener mil y un pensamientos intrusivos a la vez a no tener absolutamente nada. A quedar en blanco. En un blanco con matices oscuros... pero en blanco.

—Bien. ¿Hablarás ahora? Si tu objetivo era encontrar a tu padre, ya lo has hecho. Ah... ¿estás llorando? Sí, tienes razón, quizá he sido demasiado cruel. Debería haberte dejado darle un último abrazo. Bueno, ¡nunca es tarde para eso!

Heidfrig cogió el cuerpo de su padre y se lo lanzó encima.

—Vamos, abrázale. Abrázale, hija de perra. ¡Que lo abraces!

—...

—¡ABRÁZALO!

—¡...!

—¡Señor, cuidado!

—¿Eeeh? ¡NO ME INTERRUMPAS! ¿Ah?

La "X" que tenía Nikko debajo del cuello comenzó a brillar, a la vez que ella convulsionaba brutalmente. Las venas comenzaron a marcarse por toda su frente, intimidando al Rey y haciendo que retroceda.

—¡Aaaaah! ¡Matadla! ¡¡¡MATADLAAAAAAA!!!

Los guardias abrieron fuego a escopetazos contra Nikko. Sin embargo, las balas ahora se partían a la mitad al impactar contra su tembloroso cuerpo, lo que provocó que los hombres escaparan de la sala a grito pelado. Uno de ellos, presa del terror, activó el mecanismo de cierre por fuera, lo que dejó dentro al Rey sin posibilidad de salir.

—¡Cobardes! ¡Volved aquí! ¡HARÉ QUE OS EJECUTEN!

Nikko, tras unos segundos gritando y tirando de las cadenas, logró partirlas a la mitad, liberándose en el acto.

—¡¡¡AAAAAHHHHH!!! —Gritó el Rey aterrado mientras intentaba abrir la puerta—. ¡SOCORRO! ¡SACADME DE AQUÍ! ¡TRAIDORES! ¡¡¡TRAIDOREEEEEEEEES!!!

Entonces, la joven comenzó a transformarse. Como bien dictaba la historia, no se transformó en un Saag ni en nada parecido; su aspecto físico se limitó a desarrollar unos notorios abdominales y unos intimidantes músculos, además de un intenso brillo en la "X". Sus ojos pasaron a ser de color púrpura, su pelo obtuvo mechas también de color púrpura y su sonrisa ahora era extremadamente malévola y orgullosa.

—Agh... ¡ya era hora, joder! ¡Por fin!

Su voz le puso la piel de gallina al Rey. No era la de Nikko; era una voz masculina, grave y con un tono tan orgulloso como amenazante.

—Dicen que, cuando un ser humano no tiene nada que perder, comienza su descenso a la locura —dijo el misterioso ser que había poseído a Nikko—. Comienza su declive; uno en el que comienza a darle igual el daño que haga. Un declive infinito en el que la cordura es hecha añicos. Parece ser que el declive de la joven que posee este cuerpo ya ha comenzado, y por eso estoy aquí. ¡El gran Besdara por fin ha despertado! ¿Cuándo fue la última vez? Mmmh... ya ni lo sé. ¿Eh? ¿Y tú quién eres?

Heidfrig se encontraba completamente pegado a la puerta y tan aterrado que no podía articular ni una palabra.

—¿Por qué no me respondes? ¿Acaso no has oído quién soy?

—Es... e—es... no puede ser... es...

—Ya te lo he dicho. Soy Besdara, el Rey Saag. Dime, viejo, ¿qué año es?

—Do... do... d-do...

—No te entiendo un carajo. Espera, analizando tu forma de vestir, ¿no serás tú el Rey de este lugar?

—Lo... lo soy. ¡Lo soy! ¡Arrodíllate ante tu majestad, el gran Heidfrig!

Ragma comenzó a reírse a carcajadas sin poder contenerse.

—¡No me digas! ¡¿Tú?! ¡Ja, ja, ja! ¡Cómo ha decaído la humanidad! Cuando fui creado hace mil años, los reyes no le temían a nada. Eran verdaderos rivales a batir, incluso para alguien como yo que se ha ido haciendo más fuerte con cada cuerpo que habito en esta familia. ¿Pero tú? ¡Tú eres lamentable! ¡Me das pena! —Dijo mientras se acercaba a él con las manos en los bolsillos.

—¡Déjame ir! ¡Déjame ir o toda la furia de Valis recaerá sobre...!

Ragma le asestó una veloz patada en la cabeza que provocó que esta saliera despedida contra el techo, impactando tan fuerte que estalló en mil pedazos.

—Vaya, mi fuerza no está tan oxidada como esperaba —dijo mientras miraba su mano derecha—. Salgamos a ver el mundo después de tantos años.

Dio un puñetazo a la férrea puerta, derribándola sin apenas hacer fuerza. Cuando llegó al pasillo del Palacio, se encontró con que varios guardias reales le apuntaban con sus fusiles.

—¡Alto!

—¿Eh? ¿Más? Con cada humano que devoro, me hago más fuerte. Creo que os dolería menos tiraros por la ventana.

—¿Qué ocurre? ¡Tiene un aspecto diferente y voz de hombre!

Ragma se arrancó las prendas superiores a excepción del sujetador, dejando ver sus intimidantes abdominales.

—Qué raro es esto de tener cuerpo de mujer. En fin... vuestro querido Rey ha muerto. ¿Queréis ser los siguientes? No todos los días se vive el privilegio de ser asesinado por Ragma Besdara, el Rey Saag —dijo con cierto retintín.

El misterioso ser no tardó ni cinco segundos en terminar con la vida de los doce hombres que le encañonaban.

—¡Ha matado al Rey! —Exclamaba un guardia herido en el Palacio antes de ser rematado—. ¡Lo ha matado! ¡Ha matado a Heidfrig! ¡Agh...!

Mientras tanto, en un callejón de una calle cercana, un espía de otra nación informó de la situación a su líder a través de un comunicador.

—Señor, ha ocurrido. Besdara ha despertado y ha ases...

El espía no pudo terminar la frase. Un Saag humanoide que se encontraba detrás de él le agarró la cabeza y se la retorció, matándole al instante.

—(Con que han acabado contigo, padre... qué pena. Me gustaría haberlo hecho yo. En fin, es la hora. Ha llegado el momento de modificar el sistema desde su interior).

Viktor saltó al Palacio Real y entró por el agujero por el que había escapado Ragma. Un soldado herido en el suelo no dejaba de gritar, con la corona en la mano, que el Rey había sido asesinado. El Saag se acercó a él lentamente.

—Lo siento. Vosotros no tenéis la culpa de todo esto.

Unos instantes más tarde, lo mató de un fuerte pisotón en la cabeza para acabar con su sufrimiento. Seguidamente, cogió la corona con suavidad y se la puso en su cabeza.

—(Tengo una maldición. La maldición de la inmortalidad) —pensó mientras observaba la ciudad por el agujero—. (Muchos pensarán que es un don, pero la realidad es que es la peor condena para un ser humano. El ser humano está diseñado para ser efímero. Por eso yo, que rompo dicha función, utilizaré el castigo de la inmortalidad para iniciar un reinado eterno que tenga como objetivo la justicia que mi hermana nunca pudo vivir. Voy a reinar Valis, y, con la Esencia Púrpura ahora en mi poder, me aseguraré de que nadie sufra lo que sufrimos Julia y yo. Julia, tú fuiste la estrella que iluminaba mi vida, pero ya está amaneciendo. Haré que la pobreza que todos estos años ha sido silenciada al fin salga a la luz. Haré que todas esas injusticias sean arrancadas de raíz. Voy a cambiar la historia).

Mientras tanto, los otros cinco poderosos Guerreros Elementales se agrupaban en una reunión de extrema urgencia convocada por la más poderosa de ellos.

—¿Qué pasa, señora Graven...? Son las cinco de la...

—Ragma Besdara ha regresado.

Esa frase bastó para despertar del todo a los cuatro adormilados guerreros.

—¿C-cómo?

—No es posible...

—Atendedme, por favor. Esta será una misión de suma importancia. Anna me ha informado. El Saag ha tomado el cuerpo de la Guerrera de la Luz y ha atentado contra el Palacio Real. Según me ha informado Anna, corre sin parar por el campo, al parecer buscando civilizaciones que arrasar. Es posible que haya tomado dicha decisión en lugar de arrasar Valis porque necesita recuperar facultades. Es nuestra oportunidad para derrotarlo. No podemos permitir que encuentre una aldea. Si lo hace, no tardará en reducirla a cenizas. Tampoco podemos permitir que otra nación lo haga suyo antes que nosotros; una bestia así no debe caer en malas manos.

—Pe-pero señora...

—No podemos tener miedo ahora, Óniro. Sé que eres joven y que nunca te has enfrentado a un enemigo de este calibre, pero no te preocupes. Ragma es la encarnación del mal. El Saag más poderoso que ha existido nunca en la historia de la humanidad. No te separes de nosotros y todo saldrá bien. ¡En marcha! ¡YA!

Cuando Ragma visualizó una aldea a lo lejos, casi sin pensarlo, se lanzó como una bala en esa dirección.

—Madre... madre, madre... —repetía un niño en la habitación de su progenitora.

—Louis, son casi las seis de la mañana...

—No, madre... tengo un mal presentimiento. Algo se acerca.

—Louis, por favor...

—Madre, ¡siempre acierto!

—No grites... —bostezó.

La mujer hacía caso omiso a las predicciones del muchacho.

—¡Madre!

—¡Louis, basta!

Varios temblores suaves comenzaron a azotar la tierra.

—¿Qué?

—¡Te lo he dicho, mamá! ¡Hay que huir antes de que...!

El Saag partió la pared de un puñetazo, provocando una intensa lluvia de escombros y cristales.

—¡LOUIS!

Antes de que estos pudieran dañar al niño, la madre se puso delante para cubrirle y evitar que le tocasen lo más mínimo.

—¡Madre!

—Louis...

La mujer cayó al suelo, desangrándose por todas partes.

—¡No! ¡Madre! ¡MADRE, DESPIERTA!

—Ups... creo que se me ha ido la fuerza —comentó el Saag con tono burlesco—. ¿Está bien tu mamá? Si me dejas verla, la curaré.

—¿De... de verdad?

—Claro. Vamos a ver...

Aprovechando la inocencia del niño, se acercó con una sonrisa. Sin embargo, justo antes de que tocase a la mujer, unas resistentes cadenas de hielo le ataron el cuello y comenzaron a ahorcarle. Justo después, varios témpanos brotaron de la tierra, atravesándole por la mitad y provocando una intensa lluvia de sangre.

—¡Agh!

—¡Graven, ahora!

Tanto el niño como la madre fueron teletransportados a un lugar seguro. Pero aquellas cadenas y témpanos no eran suficientes para detener al poderoso Rey Saag. Entre estridentes gritos que alertaron a la aldea entera y crearon enseguida un incontrolable pánico, no tardó ni quince segundos en romper todas las ataduras y clavos que le herían y obstaculizaban su movilidad, provocando una lluvia de cristales de hielo por distintos puntos de la zona.

—¡Mis amigos los Guerreros Elementales! Cuántos años sin vernos, ¿eh?

Una mujer apareció levitando delante del Saag. Tenía el pelo algo corto, rizado y negro. De estatura algo baja, vestía una túnica morada que brillaba tenuemente. Un detalle curioso de su aspecto era que sus ojos estaban cerrados en todo momento, incluido un gran tercer ojo situado en su frente.

—La Guerrera Elemental de la Gravedad, ¿me equivoco? Inteligente eres, de eso no cabe duda. Sabes bien quién soy, y, como la más fuerte, has decidido enfrentarte a mí. Déjame decirte algo. Tus antepasados me dieron pelea justo después de traicionarnos a Lix y a mí, pero ninguno de ellos pudo eliminarme del todo. ¿Intentarás tú cambiar la historia?

Ragma se lanzó contra Graven, comenzando una intensa pelea de frenéticos golpes que Graven esquivaba ágilmente.

—¡Kalasav, Althea, Óniro, Rax! ¡Evacuad! ¡Yo me encargo de él!

—¡¿Está segura de ello, señora?! ¡Es Ragma!

—Siempre habéis confiado en mí, ¿verdad?

—¡Sí, pero...!

—¡Entonces que esta no sea la excepción! ¡LARGO!

Los cuatro Guerreros obedecieron sus órdenes y se separaron de ella para encargarse de los civiles.

—Por fin te tengo delante. Han sido muchos años leyendo sobre ti y viéndote sobre páginas desgastadas... pero ahora estás justo delante de mí. No sé si sentir honor, miedo o rabia. Pero sí que sé lo que debo hacer.

—¡Adelante, pues! ¡JUGUEMOS, GUERRERA!

El Saag volvió a abalanzarse. Sus golpes eran tan rápidos y tan potentes que hasta a Graven, la Guerrera Elemental más poderosa, le costaba esquivarlos todos, por lo que decidió teletransportarse a un tejado cercano y lanzar un ataque a distancia.

—¿Eh?

Una enorme fuente de energía de color morado proveniente del cielo impactó sobre el Saag a la velocidad de la luz, provocando una pequeña explosión en la zona. Cuando el humo del estallido se disipó del todo, Graven quedó impactada. Ragma seguía ahí de pie, sin ningún rasguño y como si nada hubiera pasado.

—¿Qué ha sido eso? Me has ensuciado, ¿lo sabías? No mola.

—(¿Mi ataque no le ha causado ni una sola herida? Por lo que puedo apreciar, todavía no puede usar las Esencias Corrompidas. Sin embargo, aun sin ellas, es más poderoso de lo que pensaba. No debería subestimarlo).

Besdara desapareció de repente, y, unos instantes después, apareció justo detrás de Graven. Esta pudo esquivar un golpe letal de milagro y teletransportarse de nuevo al tejado de en frente.

—Oye, ¿piensas atacarme? Empiezo a aburrirme, ¿sabes?

Graven bullía de la rabia por dos motivos. El primero era Besdara en sí. El segundo era porque, desde hace muchos años, nadie le había vuelto a causar esa sensación. Una sensación de impotencia e intimidación que le erizaba la piel.

—Cuantas más veces tome el control del cuerpo, más fácil se me hará dominarlo y más fuerte seré. ¿Sabes qué quiere decir eso, Guerrera? La próxima vez que logre tomarlo, habré desbloqueado de nuevo mis Esencias, pero me habrá costado bastante si no cuento con el permiso de su dueña. La segunda, también. La tercera, algo menos. La cuarta ya casi será mío. Y, a la quinta, esta hermosa joven desaparecerá y sólo existiré yo: ¡EL GRAN BESDARA! —Exclamó mientras comenzaba a llover intensamente a la vez que el sol asomaba—. ¿Qué harás entonces? ¿Matarás a la joven, y, por tanto, a mí? ¿O decidirás dejarla vivir y arriesgarte a que vaya haciéndome más fuerte con el paso del tiempo? Tienes pinta de conocer la historia, por lo que sabrás de lo que soy capaz si tomo el control del cuerpo cinco vec...

—Cierra la boca de una vez.

—¿Eh?

De repente, el Saag se vio envuelto en un cubo morado semitransparente que se fue cerrando poco a poco. A medida que se iba cerrando, la gravedad en su interior aumentaba considerablemente hasta que esto, sumado a la presión de las paredes de la misteriosa energía, iba destrozando poco a poco su cuerpo.

—¡Idiota! ¡La matarás! (Joder, ¿¿qué es esto?! ¡Es demasiado poderosa! ¡No es posible!)

Graven hacía caso omiso mientras seguía cerrando el cubo. Sin embargo, justo antes de que terminara de cerrarlo, se percató de algo que de nuevo la dejó atónita. En alguna parte, Besdara y Nikko comenzaron una conversación por la dominación del cuerpo.

—¿Dónde estoy? Qué lugar tan repugnante.

—Estás en tu interior, muchacha.

—¿Eh?

Nikko se dio la vuelta. Detrás de ella se encontraba, también, ella. Sin embargo, tenía un aspecto diferente; era mucho más fuerte, tenía una "X" brillante encima de sus pechos y sus ojos eran de color púrpura. Además, su pelo ahora tenía mechas también púrpuras.

—¿Quién eres?

—Ahora soy tú. Bueno, de momento no del todo. Pero pronto lo seré. De momento, soy solo el reflejo del verdadero lado humano.

—¿Qué? ¡¿Qué está pasando?! ¡No entiendo nada!

—No te alteres. Mi nombre es Besdara. Ragma Besdara. He estado en el interior de todos los Guerreros de la Luz durante siglos. Con Lix no llegué a la Dominación Total por los pelos.

—¿Dominación Total?

—Si tomo tu cuerpo cinco veces, será mío para siempre. Y con esta ya va una. Hasta una sombra como yo necesita luz, ¿sabes? Dime, ¿te gustaría hacer un pacto?

—¿Un pacto?

—Me quedaré en tu interior. Si...

—¡No!

—Tche, déjame terminar. Odio que me interrumpan. Ejem... me quedaré en tu interior. Pero solo saldré con tu permiso, contando cada una de esas tomas de tu cuerpo como una dominación más. Con un buen entrenamiento, la agilidad que te otorgan tus Esencias sumada a la letal potencia de las mías nos harían una fuerza imparable. ¿Qué me dices?

—¿Tú tienes Esencias...?

—Sí, las tengo. Tengo siete, y no precisamente Elementales. Pero ese no es el tema ahora.

Nikko se sentía confusa e indecisa.

—De... de acuerdo. Pero solo sal cuando yo te lo diga.

—Es una promesa. Hasta El Dictador de las Sombras cumple sus promesas. Ah, y quiero que sepas algo... odio perder. Y esta Guerrera que se acaba de enfrentar a mí se las volverá a ver conmigo. Cumplo las promesas, pero mis principios están por encima de cualquier pacto que haga con cualquier estúpido humano.

Y así fue. Ambos hicieron el pacto, y, justo antes de que el cubo de gravedad se cerrase del todo, Nikko retomó su forma física de siempre. Graven rompió la fuerza gravitatoria y cogió a la joven, quien había caído desmayada.

La mañana siguiente...

La Guerrera se encontraba profundamente dormida sobre el suelo de una monocromática celda gris. Llevaba toda la noche sudando y temblando, aparentemente siendo víctima de una molesta y cruel pesadilla. Miles y miles de recuerdos, tanto suyos como ajenos, se mezclaban en su mente y la alborotaban produciéndole un terrible dolor de cabeza. Quería despertar, pero no podía. El estrés la había sumido en un oscuro pozo sin fondo en el que sólo se escuchaban gritos de auxilio y súplicas al cielo. No entendía nada ni comprendía qué estaba ocurriendo, simplemente quería despertar y que todo eso acabase. De nuevo, un Guerrero postrado ante un imponente Rey. Pero ahora el recuerdo era mucho más nítido; aquel Guerrero no era un hombre, sino un niño.

—Recuérdalo siempre, Lix. Tanto tu destino como el del resto de Guerreros Elementales de la Luz es el de ser utilizados como armas de guerra. No servís para nada más. Vuestro destino es matar. Matar o morir. Elige, Lix: ¿morir ahora para cortar de raíz el infierno que provocará ese amiguito tuyo llamado "Besdara" y que futuras generaciones no sufran el apocalipsis que causará cada vez que lo heredes, o seguir viviendo en un profundo egoísmo cargando con el peso de la posible destrucción futura de la humanidad?

—...

—Oh... ya veo. Me tomaré ese osado silencio como que eliges seguir viviendo. Eliges que toda tu descendencia cargue con el peso de la muerte de miles de personas inocentes. Eso eliges, ¿verdad? No podía esperar más. No podía esperar más de alguien que sólo es un monstruo. ¡Habla, pedazo de escoria! —Gritó el Rey antes de darle una patada que le tiró al suelo—. Si eliges seguir viviendo, deberás reproducirte. Tener muchos hijos. ¿Acaso estás pensando en tu voluntad? Jamás tuviste ni tendrás aquiescencia ni autonomía propia. Reproducirte, asesinar y morir será, tuya y de toda tu descendencia, ¡LA ÚLTIMA VOLUNTAD!

La pesadilla finalizó con miles de recuerdos pasando por su mente a una velocidad estrepitosa, siendo los últimos la terrible violación y la ejecución de su padre delante de ella.

—¡¡¡AAAAAAAAAAAAAAAAAAHHHHHHHHH!!!

Cuando se quiso dar cuenta, varias lágrimas brotaban de sus ojos.

—Cálmate, monstruo. Por fin despiertas. Llevas cinco días durmiendo.

Un chico se encontraba sentado en el pasillo subterráneo de las celdas, observando a Nikko con desconfianza. A pesar de estar al otro lado de los resistentes barrotes, se le notaba algo inquieto.

—¿Mons...truo?

—¿Acaso te preguntas por qué te llamo así? No me vaciles. Ahora que no tienes energías para levantarte y mucho menos para transformarte, soy mucho más fuerte que tú.

El muchacho parecía tener la edad de Nikko, quizá un poco menos. Tenía el pelo rubio, corto y los ojos azules y vestía una túnica morada en la que, de vez en cuando, parpadeaba tenuemente el estampado de alguna estrella.

—Soy Óniro.

—Yo soy...

—Cállate, ya sé quién eres.

—¿...?

El muchacho esbozó una sonrisa burlona.

—Tch. Ya no eres tan fuerte, ¿eh?

—¿P—por qué te burlas de mí...? No lo entiendo...

—¿No? Hace cinco días sembraste el caos en una aldea transformada en ese ser del averno. Suerte que la señora Graven es excepcionalmente fuerte y pudo controlarte.

—¿Ser del averno...?

Óniro se llevó la palma de la mano a la cara y suspiró, molesto.

—Agh... supongo que es cierto y no estabas consciente. Aun así, sigues suponiendo un peligro demasiado alto como para dejarte salir de aquí. Por lo menos por el momento.

—No... no entiendo nada. Por favor... ne—necesito que me expliques qué pasó. E—estoy muy confusa.

—Qué pereza. Verás, cuando te transformaste en ese...

Durante todo ese rato, Óniro había evitado a toda costa el contacto visual con la joven. Pero cuando al fin sus miradas chocaron, el joven cortó la frase y quedó completamente anodadado durante unos segundos.

—¿Ocurre algo?

—...

—¿Óniro?

—A—ah... no, nada. Me... me tengo que ir.

—¡Espera!

El chico abrió la puerta que conducía a la planta superior y subió las escaleras a toda prisa.

—¿Señor Felt?

—¡Gra—Graven!

—¿A dónde va con tanta prisa? Su turno de vigilancia no ha acabado. Aún le quedan tres horas.

El chico tardó un poco en responder.

—Verá... es que...

—Diga, sin miedo.

Óniro suspiró.

—Está bien, está bien. He evitado mirarla todo lo posible, pero, cuando lo he hecho, he sentido algo que no esperaba para nada. Su mirada no desprende maldad. Desprende nerviosismo a la par que tranquilidad. Es como si... ah... es como si aún conservase un corazón puro.

—No digo que no le crea, Felt. Una sola mirada puede transmitir muchas cosas. Pero, aunque su inocencia sea difícil de arrebatar y todavía conserve esa dulzura propia de un ser humano inocente, sabe bien por qué la encarcelamos. No es por ella, sino por el monstruo que anida en lo más profundo de su interior. Meyer ha conservado la cruz de Besdara, pero ya no brilla. Tengo la teoría de que su brillo es el indicio de que está intentando dominarla. La segunda vez que Besdara tome el control, será aún más fuerte. Si la primera vez me dio problemas hasta a mí, no quiero imaginarme la segunda o la tercera. O la quinta. Por no hablar de que también aumenta su fuerza cuantos más humanos devore.

—Ya, pero...

La repentina mirada seca de Graven aterró al muchacho.

—Siempre se ablanda. ¿Es así como se comporta un Guerrero? ¿El Guerrero de la Mente?

—No. Discúlpeme, señora.

—Bien. Siga vigilando, por favor.

Ambos se retiraron, cada uno por su lado. Óniro volvió a bajar y se sentó en la silla sin decir una sola palabra.

—Qué bien que hayas vuelto.

—¿Eh? ¿Por qué?

—Tengo... la cabeza llena de recuerdos borrosos y estoy muy confundida, a si que la verdad es que me vendría bien algo de compañía. Además, me siento algo sola aquí. P—por cierto, ¿por qué evitas mirarme?

—(¡Se ha dado cuenta!) Eh, ¿qué dices? ¡No te inventes cosas!

—Lo siento.

Un incómodo silencio reinó el lugar por unos segundos.

—Tú... ¿cuál es tu objetivo? —Preguntó Óniro.

—Yo ya no tengo objetivo.

—¿Cómo?

Nikko bajó la mirada, triste.

—Mi objetivo era encontrar a mi padre. El Gobierno de Valis lo había secuestrado para investigar su sangre, ya que la nuestra es especial. El Rey la necesitaba para un interés propio, ahora mismo no recuerdo muy bien cuál.

—¿Y lo encontraste?

—Sí. Un traidor logró secuestrarme después de matar a mi único amigo.

—¿Y por qué no actuaste? Eres la Guerrera de la...

—¡NO TE IMPORTA!

—...

Las lágrimas brotaron de nuevo de sus ojos.

—Lo... l—lo siento. No quería... no quería hablarte así. Valis me secuestró y me privó de luz, comida y agua durante un mes para que les contara todo sobre mí y sobre la historia de los Guerreros de la Luz. No pude contarles nada, porque no sabía nada. Hasta ese momento, estaba rabiosa. Me sentía impotente por no conocer mi propia historia... pero un día por fin pude reencontrarme con mi padre. Lo trajeron a mi sala, y lo primero que hizo fue disculparse. Me dijo que, a pesar de todo, estaba feliz de que, gracias a esa ignorancia, hubiera podido ser feliz. Ahora ya... ahora ya conozco todo lo que ellos querían saber, pero ya es tarde. La ignorancia de mi propia historia me ha hecho vivir bien y sin demasiadas preocupaciones, pero, ¿a qué precio? Los Saag mataron a mi abuela, y no pude hacer nada para evitarlo. Ejecutaron a mi padre delante de mí, y tampoco pude hacer nada para evitarlo. Ese cabrón que decía ser mi hermano disparó a Harold a traición, y no fui... capaz de evitarlo —se le quebró la voz—. No soy digna de ser una Guerrera de la Luz. Ya no tiene sentido que siga viviendo. No tengo nada que ganar, tampoco nada que perder. ¿Cuál es el sentido de que siga respirando? No... no puedo más.

Óniro, tras quedar pensativo durante unos segundos mientras escuchaba los silenciosos sollozos de la joven, respondió.

—Mi padre siempre dice que lo que has perdido es el propio sentido de seguir ganando.

—¿C-cómo...?

—Cuanto más pierdes, más debes luchar, porque tienes más personas a las que honrar y a las que darles un sentido a su muerte. ¿Crees que si tu padre, Harold y tu abuela te vieran ahora estarían orgullosos de ti? ¿Crees que querrían escuchar cómo quieres rendirte? Ese tal Harold murió defendiéndote. ¿Lo hizo en vano?

—No...

—Exacto. Depende de ti, Nikko. De ti y de nadie más.

X
UNA RAZÓN DE PESO

Ahora que Nikko ha perdido su objetivo principal, se le presenta otro dilema. Mientras tanto, Valis entra en una crisis política e Ion se ve obligado a seguir al líder de la oposición.

—Padre, ¿qué hay más allá del cielo? —Le preguntaba una niña a su padre mientras observaban juntos el firmamento.

—Quién sabe, hija. Puede que más allá exista el todo, o quizá la nada. Nikko, mientras el Sol se esconde por el amplio y verde horizonte, cuenta un día más. Un día más viviendo esa extraña soledad. "¿Por qué es este mi destino?" —Se pregunta el colosal astro—. "Vivo para darles calor a seres que prefieren el frío. Vivo para que esos infames seres llamados "humanos" puedan disfrutar de sus efímeras vidas mientras destruyen su hogar. Me han llamado "Sol", sin mi permiso. Incluso se han atrevido a crear la palabra "soledad", utilizando "sol" en ella, de nuevo sin mi permiso. A veces me pregunto si se están riendo de mí. Pero después me doy cuenta de que no es esa la verdadera pregunta. La verdadera pregunta es... ¿de verdad necesitan mi permiso?

—Padre, ¿pero qué dices?

—Soy más insignificante de lo que creo —siguió—. A veces me resulta gracioso que me vean como a una estrella gigantesca, cuando no muy lejos de mí hay millones y millones de estrellas que triplican mi tamaño, también iluminando su cielo. Quizá ellos también son conscientes de que mi destino es el de brillar para que otros vean reducida su oscuridad. Pero ellos no han pensado que, mientras tanto, yo me encuentro sumido en una oscuridad infinita que todavía no comprendo. Una oscuridad que ni yo puedo iluminar. ¿Quién me ilumina a mí?" Sumido en estas reflexiones abismales, fruto del alma meditabunda que puebla el inerte universo, el cuerpo masivo quema y fusiona al minuto millones de átomos de hidrógeno, forjando en su corazón la materia que un día al estallar conformará nuevas estrellas, nuevos planetas y tal vez nuevos seres. "He visto nacer la Tierra, planeta de piedra. He contemplado la gran fragua cósmica forjar una y mil veces su superficie. Fui testigo de la caída de titanes de hielo, y, sobre su piel, manar su sangre ardiente al espacio. También de la creación de la primera atmósfera de ceniza y, de pronto, de aquello que hoy llaman caos, nació el orden". Este monólogo venía brotando de su imaginario. Eran un escaso grupo de nueve personas, nueve simios civilizados o aún por civilizar. Vestían de negro y portaban mochilas cargadas de papeles, telas, gasolina, artefactos pirotécnicos y pintura en *spray*. El alba se les echaba encima, y debían medir sus movimientos al milímetro. Allá en las afueras, ajenos a las inmundicias de la ciudad, tomaron sus ropas y las prendieron, formando una hoguera nutrida con gasolina a la que iban arrojando todo tipo de programa electoral, todas las cartas que el sistema les envió. Allá fueron partidos, ideologías, religiones, ideas. A sus pies, la humanidad ardía. El mono descarriado crepitaba y se retorcía en cenizas mientras una brisa mañanera arrastraba las ascuas del genocidio intelectual. Se rociaron los nueve con el carburante, y, leyendo un manifiesto, hincaron banderas blancas en el suelo y uno por uno fueron arrojándose a las llamas. Cogido con unos escombros, el manifiesto permaneció intacto a la llegada de las autoridades.

—¡No te entiendo, padre!

Baido se rio por lo bajo.

—Algún día, cielo. Algún día.

En el presente.

Nikko no pudo pegar ojo aquella noche. Uno de los recuerdos que asaltaban su mente de forma violenta fue el de aquella historia que su padre, muchos años atrás, le relató. Una historia que en su momento no entendió, y, por tanto, aborreció y olvidó.

—Ya te entiendo, padre... —dijo, llorando inmóvil y en silencio—. Somos insignificantes. Nos damos más importancia de la que merecemos, cuando siempre habrá alguien más grande que nosotros. El sentido de nuestras vidas es iluminar a una sociedad cuyos altos estándares buscan la plena oscuridad. Es... es terriblemente triste.

—¿Nikko?

—¿Ah?

Una chica entró en el pasillo de celdas. Parecía tener su misma edad; tenía el pelo largo, lacio y negro y los ojos marrones y vestía con ropa casual.

—Al fin te conozco, chica. Mi nombre es Althea —se presentó con una amable sonrisa—. Soy la Guerrera Elemental de la Sanación. No te voy a engañar, he escuchado todo lo que has dicho.

—O-oh, e-estaba hablando en alto... perdóneme.

—¡No, no! No hay ningún problema. Respecto a ello —se sentó en la silla— pienso que tienes razón. Bueno, en parte.

—¿Por qué en parte?

—Digo "en parte" porque sí, es cierto que no somos nada. Pero no lo somos dentro de un concepto general de la existencia como lo es el universo en sí mismo. Debemos centrarnos en lo que somos en nuestro mundo, ya que es en este donde podemos poner nuestro granito de arena, ¿no crees? Es en este donde cada uno marca la importancia que tiene. Tú eres importante, Nikko. Pero eso no siempre es satisfactorio. Dime, ¿cómo te sientes?

—Perseguida. Odiada. Innecesaria.

Althea suspiró.

—Ya... lo entiendo —abrió la celda.

—¿Ah?

—Puedes salir cuando quieras. La señora Graven quiere hablar contigo. Aséate y dirígete a la sala de rituales cuando estés lista.

—¿Y eso dónde está?

—Pues está en... ah... mejor no te lo digo. Así exploras un poco —le guiñó un ojo—. Tienes un baño cruzando esta puertecita. ¡Chaito!

La joven se marchó, dejando algo confusa a Nikko. Nada más asearse, se vistió con unas prendas limpias que le había dejado Althea y subió al exterior. Las escaleras que llevaban a las celdas estaban situadas en un rincón del jardín, por lo que daban directamente con el más puro y verde exterior.

—(Agh... demasiado tiempo sin ver el sol... ¡mis ojos!)

—¡Ha, ha, ha, ha!

—¿Eh?

Un hombre se acercó a Nikko y la observó, sonriente.

—Lograste sobrevivir.

—Usted... espere, le recuerdo. Es el que me salvó de aquel Saag cuando crucé la Frontera Púrpura, ¿verdad?

—El mismo. Me alegro de que hayas llegado tan lejos y sobrevivido hasta ahora. ¿Ya tienes la respuesta a mi pregunta?

Nunca antes la muchacha había visto a un hombre que impusiera tanto respeto como ese. Era un adulto enorme, parecía extremadamente fuerte y tenía una densa y larga barba blanca. A pesar de la seriedad y de la determinación y dureza que aquel Guerrero transmitía, también se podía sentir en él cierto alivio de un noble corazón. La joven respiró hondo. Sin embargo, a pesar de sus intentos de armarse de un forzado valor, no lo logró.

—S—sí, señor. Soy Nikko Meyer.

La sonrisa del hombre desapareció de su rostro.

—¿Y ya? ¿Me respondes lo mismo que la pasada vez?

—¿Pe—pero qué más quiere que le diga? Me llamo igual que la pasada vez que nos encontramos...

—Olvídalo. Me equivocaba con lo de que parecías otra persona.

El hombre se retiró sin decir una palabra más, dejando bastante confusa a la muchacha.

—(Sigo sin entender a este hombre).

Unos minutos después de terminar la conversación con él, Nikko no tardó en encontrar la sala de rituales que dijo Althea. Justo cuando iba a llamar a la puerta, fue teletransportada dentro, justo en frente de Graven y siendo separadas por una pequeña mesilla rectangular.

—¿Oh?

Aquella sala era diferente a como la Guerrera se la había imaginado en un principio. Sus paredes eran de un tono morado que, de vez en cuando, aumentaba y disminuía su brillo. El suelo, de madera, estaba cubierto por una alfombra amarilla que resaltaba casi tanto como el intenso olor a incienso que emanaban cuatro exóticos dispensadores bastante bien distribuidos, cada uno en un extremo de la sala.

—Meyer.

Nikko sintió enseguida una enorme presión. Si bien es cierto que el otro Guerrero imponía más, y a pesar de su cruda dureza, en él se notaba un ápice de nobleza. Sin embargo, en esta mujer no lograba encontrar algo así. Al igual que ella, estaba sentada, inexpresiva y con los ojos cerrados. No expresaba nada, no irradiaba ningún tipo de aura. Ni positiva ni negativa. Pero, a pesar de ello, lograba imponer un extraño respeto.

—Un... un placer conocerla, señora Graven.

—El placer es mío —abrió los ojos.

El tercer ojo de su frente, el cual aún se mantenía cerrado, llamaba la atención de la joven.

—Me gustaría hacerle una pregunta, Meyer. ¿Qué sabe acerca de su ascendencia?

Nikko tardó un poco en responder.

—Po—por suerte, y aunque haya sido más tarde de lo que me hubiera gustado, ya conozco mi historia. La mía y la de mis antepasados.

—Bien, por lo que ya no nada en la ignorancia. Dígame, ¿qué sabe?

—Ah... bueno, por lo que me contó cierto hombre, todo comenzó con un tal "Lix". Un fallo experimental al trabajar con Esencia Púrpura que terminó resultando en una ansiada arma de guerra, ¿no es así?

—Correcto.

—Bueno... Lix nació de una mujer que parió otros cinco hijos más.

—¿Sabe quiénes fueron esos cinco hijos?

—No.

—Los Guerreros Elementales.

Nikko quedó atónita.

—Oh...

—Así es. Naturalmente, debido a que el niño fue gran amigo de los Guerreros en la época en la que conservaba su cordura, todos ellos siempre le apoyaron. Sin embargo, siempre se sentía solo. Por lo menos hasta que cierto ser se hizo un hueco en su interior. Es por eso que nosotros también nos ocultamos. Para las grandes ciudades, nosotros somos disidentes. *Lixoístas*. Basura a la que protegen con fronteras de Esencia Púrpura a cambio de un interés puramente económico y cultural, ya que tampoco nos permiten disfrutar de sus avances. De esta manera, los pueblos disidentes quedan atrapados en el tiempo mientras ellos se expanden y se expanden. Es por ello que siempre se ha tenido que desplazar a caballo en lugar de tener un coche. Es por ello que seguro que no sabe de la existencia de los dispositivos móviles inteligentes y demás modernidades. Es una vil estrategia a largo plazo... ya lo has comprobado por ti misma. Poco a poco, están rompiendo las Fronteras. Tengo entendido que el Rey Heidfrig quiere...

—Lo maté.

Graven quedó completamente atónita.

—¿Perdón?

—He logrado... recordar qué ocurrió justo después de transformarme. Él se encontraba delante de mí, y, fuera de control, lo asesiné —se miró las manos—. Creo que ese tal Besdara se aprovechó de mí y tomó el control. Aun así, y aunque haya sido él el que cometió todo, no puedo evitar cargar con gran parte de la culpa. Pero ya he aguantado demasiado. Lo haga Besdara o yo, el Rey Heidfrig no será el único en caer. Ellos me arrebataron a mi padre, a mi abuela y a Harold... no... no saldrán impunes.

Graven comenzó a detectar que una inhumana rabia emanaba del más oscuro rincón del alma de la joven, todo mientras esta apretaba el puño con tal fuerza que su mano comenzó a temblar.

—Meyer. Eh, Meyer.

—A—ah, sí... lo—lo siento. Se me ha ido la cabeza por un momento. No sé qué me ha pasado.

—Claro que lo sabe. Siente odio y rencor. Es normal. Pero debe saber que ningun de esos sentimientos le llevará a ninguna parte.

—¿Qué? ¡Por supuesto que lo hará! He de devolver el daño que me han hecho.

—¿Y cree que eso le hará sentir mejor?

—¡Cla—claro que sí! Es la forma que tiene el ser humano de liberarse.

Graven cerró los ojos por un momento y suspiró.

—Está bien, está bien. Supongo que ha entrado en esa fase. Hablaremos de nuevo de esto cuando esté atrapada en el bucle infinito de odio al que le llevará ese pensamiento. En fin, quería hablar de otra cosa, no de esto. Dígame, ¿cuál es su objetivo?

—(Todos me preguntan lo mismo). Verá, señora Graven, yo ya no...

—Reformulo la pregunta —interrumpió—. ¿Cuál es su objetivo ahora que ha perdido el que era su objetivo en un principio?

—(¿Cómo lo sabe?) Pues... no le voy a engañar. No lo sé.

—Si no lo sabe, deje de luchar ahora mismo. No vuelva a coger una espada. Y, si no tiene una, ni se le ocurra pedirla. Me encargaré de que Garren no se la dé.

Nikko quedó atónita ante tal respuesta.

—¿Q—qué? Pe—pero... ¿qué?

—¿Por qué alguien lucharía sin un motivo para hacerlo? Entorpecerás a los que de verdad tienen una razón de peso y de corazón. Retírese del campo de batalla hasta que encuentre su razón. Hasta entonces, aíslese en el Templo Elemental, y, si quiere, en la aldea. Pero no más allá. Recuerde que es un objetivo buscado.

—¡Pe—pero señora Grav...!

Antes de que pudiera terminar de formular la frase, fue teletransportada a una habitación del Templo.

—(Pero qué... espera, ¿Garren? Entonces supongo que a él también lo rescataron de Shaga. Iré a hablar con él antes de que Graven lo haga).

Antes de marcharse, se dio cuenta de que Graven había teletransportado también un conjunto de libros junto a ella: "El Potencial de la Luz I", "El Potencial de la Luz II" y "El Potencial de la Luz III".

X

Viktor se había retirado hace rato para ultimar unos asuntos de su nuevo mandato antes de hacer que salga a la luz. Mientras tanto, Celeus, sin saber nada de lo ocurrido, buscaba al Rey desde hace un rato.

—(Agh... padre, ¡¿dónde estás cuando lo necesito?! Espera, ¿y ese agujero en la pared?)

Extrañado, se dirigió hacia allí y vio los doce cadáveres entre charcos de sangre.

—(¿Qué ha... pasado aquí?)

El cazarrecompensas comenzó a esperarse lo peor, pero se negaba rotundamente a aceptarlo. Nervioso, bajó hacia la sala en la que anteriormente se encontraba Nikko recluida... y lo vio. Completamente aturdido, cayó de rodillas delante de su cadáver devorado.

—(Hija de puta... sabía que debería haberte volado la cabeza cuando tuve oportunidad. La próxima vez... la próxima vez no me temblará el pulso...) —pensó, llorando víctima de una silenciosa y terrible impotencia—. (Voy a encontrarte. Y no sólo eso: voy a encargarme personalmente de que seas el último monstruo de tu asquerosa familia. Voy a borrarte del puto mapa. Aunque sea mi última voluntad).

X

Nikko entró en aquella aldea por primera vez. Muchos aspectos de ella le provocaron una melancólica nostalgia; el ambiente, el olor, las casas, los sonidos de la naturaleza... todo ello le recordaba mucho a Naila.

—¡Abuela Carol! —Exclamó, dirigiéndose a una anciana que acababa de salir de su casa.

—¿Perdone? ¿Dijo algo, jovencita?

Cuando se dio cuenta de que acababa de tener una visión, se desanimó profundamente.

—Lo... lo siento, señora.

Sin decir una palabra más, siguió caminando a paso rápido y nervioso mientras buscaba una herrería.

—(A quién quiero a engañar... todavía no he pasado página desde aquel día).

Cuando al fin encontró lo que parecía ser una herrería, se dispuso a llamar a la puerta, no sin antes esquivar torpemente un cuchillo que fue lanzado a ella.

—¡Vaya! Esto no es como la última vez. Aunque todavía hay tela que cortar.

—¡Ga—Garren! Hola de nuevo. Escuche, siento lo de...

—¿Lo de Shaga? No te preocupes, ni siquiera era mi pueblo natal. Yo soy de aquí.

—Ah. Igualmente, lo siento. No pude ayudarle por... bueno, por circunstancias.

—Ya te he dicho que no te preocupes. Me cargué a cinco Saag con mi motosierra, ¡no veas lo satisfactorio que fue! ¡Ja, ja, ja! Esos seres serán todo lo fuertes que quieras, pero tontos son un rato. Aun así, tuve suerte de que Kalasav llegara un poco más tarde y me encontrara. Ese tío es una locura; acabó con todos los Saag sin despeinarse. Tendrías que haberlo visto. ¡Saag que se le cruzaba era Saag congelado y partido a la mitad como una galletita!

—Je, je... qué pasada. O—oye, venía por...

—Si vienes para que te haga una espada, supongo que ya sabrás quién ha hablado conmigo, ¿verdad?

—Venga ya. ¿Tan rápido?

—Puede teletransportarse. Esa mujer es un fenómeno.

—(Agh, es cierto. ¿Cómo no lo tuve en cuenta?)

Garren dejó lo que estaba haciendo y se apoyó en la pared mientras se encendía un cigarro.

—Graven tiene razón, muchacha. Si quieres ganar, debes tener determinación. No puedes tener determinación si no tienes un motivo para hacer lo que haces.

—¿Pero qué le hago yo si ya no tengo un objetivo? ¡Lo tratan como si fuera mi culpa que me lo hayan arrebatado! ¡Joder!

—Un grito más y te echo de aquí a patadas, ¿me oyes? No estás en posición de gritarme. Ni a mí ni a ningún Guerrero Elemental. Y haz el favor de tutearme.

Nikko se sintió intimidada.

—Cla—claro... disculpa.

El hombre le dio unas caladas al cigarro.

—Por supuesto que no es tu culpa, idiota. Pero eso no quita que no debas buscar otra motivación. No sé, lo típico. ¿No tienes a nadie a quien proteger? Algo tendrás que perder aún, ¿no?

Nikko lo pensó durante unos segundos.

—A alguien físico en concreto, al menos por el momento, no. Pero tienes razón. Tengo una promesa que cumplir. Antes de morir, mi padre me dijo que se sintió feliz de que yo hubiera sido feliz al no conocer mi pasado. Creo que él realmente quería un término medio; quería que nuestra familia siguiera adelante, pero que, a partir de mi nacimiento, se fuera olvidando todo y terminásemos siendo una familia normal. Vaya utopía, padre —sonrió débilmente—. Me dijo que lo pasaría mal, que perdería a muchas personas y que conocería el verdadero lado del ser humano. Me dijo que yo era la única esperanza, ya que ni él ni sus antepasados tomaron las decisiones correctas. "No son tus ganas de luchar lo que debes sacrificar. ¿Utilizarás tu poder para darle la vuelta a la historia y convertir nuestras futuras generaciones en héroes? ¿O te sacrificarás en pos de una humanidad que posiblemente nunca te verá como una heroína aunque ayudes a millones de personas?"

—En eso último tenía razón. El ser humano es un ser extremadamente apegado a la historia y a su propio pasado. Con todos los pecados que han cometido tus antepasados, nunca te verán como a una heroína. Tristemente, no hay redención posible.

Nikko agachó la cabeza, pensativa.

—También me dijo que no era a él a quien debía encontrar. Que había alguien más importante. En ese momento no le entendí, pero creo que ya sé a qué quería referirse. Esa persona a quien debía encontrar... era a mí. Garren, ¿por qué los *lixoístas* decidísteis seguir a Lix con todo lo que eso os conllevó? Ahora mismo, podrías estar viviendo cómodamente y sin problemas en Valis en lugar de en este lugar aislado y sin avances tecnológicos.

—¿Sí? Qué bien. Pero te informo de que me importa tres cojones.

—Oh.

Garren reflexionó unos segundos acerca del tema mientras observaba el cigarro con un rostro melancólico.

—Tienes toda la razón. Podría estar viviendo cómodamente en Valis sin ninguna preocupación. ¿Sabes? Mi sueño siempre fue ser profesor. Pero un profesor de verdad, de esos que dejan huella en las nuevas generaciones y no pasan sin pena ni gloria como la mayoría de hoy en día. En Valis, podría haber cumplido ese sueño. Sin embargo, ¿crees que sería feliz sacrificando mis ideales por ser un borrego más? ¿Por ser un esclavo del dinero y de un Gobierno que adormece y crea una sociedad débil para posteriormente imponer sus cuestionables prácticas sin posibilidad de rebelión? No, gracias.

—Ya... tiene sentido. Como ya te he dicho, tengo una promesa por cumplir. Y esa promesa es de mi padre, a si que también tengo un sueño por cumplir —dijo, decidida por primera vez en mucho tiempo—. Un objetivo. Hazme esa espada, Garren.

El herrero lanzó el cigarro a un cenicero de su mesa y sonrió, orgulloso. Seguidamente, le tendió la mano.

—Bien, pues que así sea. Ven a verme mañana a primera hora. No descansaré hasta que tenga lista tu arma. Toquemos madera, Nikko.

La joven le dio la mano en un fuerte y decidido apretón.

—Toquemos madera.

El resto del día, la joven lo dedicó única y exclusivamente a poner en práctica en un arduo entrenamiento los conocimientos de los tres libros que le había dejado Graven.

X

Mientras tanto, Valis amanecía con la inesperada noticia de que su querido Rey había sido asesinado por el Saag de las leyendas. Viktor no tardó en difundir en los periódicos y demás medios de comunicación una falsa noticia con el fin de adaptarse más fácilmente a la corona; los ciudadanos leían además que Heidfrig, antes de morir, había heredado la corona a su hijo, quien ahora era un Saag "por circunstancias de alto secreto". Este se asomó a la ventana del balcón de la habitación de su padre y observó, en silencio y con la corona puesta, cómo despertaba la ciudad.

—(No es descabellado pensar que no voy a ser bien recibido por todos. Puede que incluso cause una guerra civil en Valis. Si eso ocurre, estaré aquí para frenarla).

El chico ya había informado de la decisión al ejército y al resto de organismos gubernamentales. Hubo muchas miradas escépticas, aterradas, confundidas... pero finalmente la decisión fue oficial. Como el nuevo Rey bien imaginaba, no fue bien recibido por todos. De hecho, desde primera hora de la mañana, muchas familias comenzaron a fragmentarse a la velocidad de la luz meramente por su diferencia de ideales sobre la nueva monarquía. A lo largo del día, se fueron formando varios grupos radicales, tanto a favor como en contra. Los que estaban a favor predicaban que él, a pesar de ser un Saag, era el elegido del Rey, y, por tanto, de Dios. Sin embargo, los que estaban en contra, argumentaban sin descanso que el hecho de que les gobernase un Saag era algo tan absurdo como hipócrita apegándose a su historia y a sus creencias generacionales.

—Se—señor Heidfrig.

—¿Por qué titubeas? ¿Acaso me tienes miedo?

—No... no es eso. Señor, las manifestaciones no han cesado desde que salió el sol. Una cantidad ingente de calles han tenido que ser cortadas y el tráfico ha colapsado la ciudad. Los disturbios cada vez son más fuertes, hasta el punto de asaltar pequeños comercios y quemar vehículos. Todo esto el primer día. No podemos permitir que vaya a más.

—Por supuesto que no —siguió un hombre que acababa de entrar en la sala del trono—. Vaya... impones más de lo que esperaba, majestad.

—¿Quién es usted? No se dirija a mí de esa manera. Soy su rey.

—Je. A pesar de que impongas, yo no te tengo miedo, majestad. Me necesitas.

Viktor comenzó a caer en la cuenta de quién era aquel hombre.

—Miles... ¿Miles Salger?

—Bingo.

—¿Por qué crees que te necesito? —Preguntó, impotente.

—Tan sencillo como que el 75% de las empresas de Valis son empresas subsidiarias de mi compañía matriz —explicó mientras se acercaba lentamente a Viktor, quien se encontraba junto a su trono—. Además de que me encargo de gran parte de la asignación de activos, estrategias de inversión, del fondo de inversión libre, del modelo de...

—Basta. Basta, basta, ¡basta! Hay miles como usted hay fuera, Miles. Todos somos prescindibles.

—Veo que el cambio de forma no te ha hecho librarte de tu ignorancia, majestad. Si me apetece, puedo arruinar Valis con un chasquido de dedos y trasladarme a otra nación. Heidfrig fue un gran Rey, pero confió demasiado en mí cediéndome tantas compañías. Te aseguro que el traslado no sería un problema, pues hay muchas naciones que me reclaman desde hace años. A si que más te vale acceder a negociar conmigo si quieres que Valis prospere.

Viktor cerró el puño con rabia.

—Espero que no pierdas la compostura, majestad. Ah, y otra cosa antes de marcharme. La alianza de los conspiradores se está comiendo con patatas a la que te apoya. Por lo visto, está siendo dirigida por un tal Celeus. Dicen que es un radical de los que dan miedo. Deberías calmar a tu pueblo, ¿no crees?

Miles se retiró, riéndose por lo bajo con un tono orgulloso que enfurecía a Viktor. Caídas las ocho de la tarde, el líder de la organización que conspiraba contra el nuevo rey se hacía un hueco en la Plaza Mayor de Valis. Subido a un escenario improvisado, se posicionaba delante de una muchedumbre de seguidores que le aclamaban y frente a algunos no tan seguidores que le abucheaban y maldecían a grito pelado.

—¡Pueblo de Valis! ¡Muchos de vosotros no conoceréis mi nombre debido a la rapidez a la que han ocurrido los acontecimientos! ¡Soy Celeus, legítimo hijo del difunto Rey Heidfrig! ¡Mi padre fue asesinado por Ragma Besdara, el Saag de las leyendas! ¡Así es, pueblo de Valis! ¡Ha regresado! ¡Ha regresado y otro Saag que dice ser el hijo del difunto rey ha aprovechado y se ha hecho con la corona!

Celeus carraspeó antes de seguir dando el discurso. El mero hecho de tener a tanta multitud que bullía rabia en frente le impulsaba todavía más.

—¡Tenemos dos misiones! ¡La primera es hacer justicia con la corona! ¡La herencia es mía!

—¡Eso!

—¡Celeus, Celeus!

—¡Una vez recuperada la corona, procederé a la segunda misión! ¡Ese objetivo es acabar de una vez por todas con Ragma Besdara!

Esta última parte del discurso levantó diferentes emociones entre el público; miedo, furor... Pero, sobre todo, furor. Un furor especial.

—¡Por fin terminaremos con estas cadenas que nos han atado a las ciudades durante años! ¡Con las mismas cadenas que han impedido que podamos salir de aquí sin morir en el intento! ¡Ella posee el Núcleo Púrpura! ¡Si terminamos con el primer Saag, todo terminará! Pero lo primero es lo primero. ¡A por el Palacio Real!

Los seguidores de Celeus, en un estado imparable de euforia, se dirigieron con todo tipo de armas hacia el Palacio para asaltarlo.

—¿Es esto lo que querías, muchacho? —Preguntó un hombre que se encontraba detrás de él.

—Sin ninguna duda, Ion. La recompensa a largo plazo compensará todo este dolor sin lugar a dudas.

—Muchas personas de ese ejército improvisado tuyo van a morir. ¿Eso también lo compensa?

Celeus tardó un poco en responder. Unos instantes después, sonrió.

—¿Es que no lo ves, Ion? Las masas adineradas son fáciles de manipular porque tienen lo mismo que perder que de ganar. Son un rebaño que ha sido engañado durante años para que le de extrema importancia a las cosas banales como a los dispositivos móviles, en algunos casos incluso poniéndolos por delante de su familia.

—En mi pueblo, la familia era lo primero. ¿Qué clase de población habéis creado?

—Un pueblo ciego. Ciego y ansioso. ¿Te das cuenta de la rapidez con la que me han seguido? Al fin y al cabo, soy un desconocido, pero ya confían ciegamente en mis ideales. Basta con prometerles dinero y prosperidad, que, por mucho que se hagan los desconfiados, acabarán recurriendo a ti. Es lo que tiene haberlos debilitado hasta el punto de eliminar sus posibilidades de rebelión.

—¿Acaso no consideras esto una rebelión?

—Por supuesto que sí. Pero hay tres tipos de rebeliones, mi querido cazarrecompensas. La primera es la rebelión con sentido. Esta la ejecutan los que realmente saben cómo cambiar el sistema. Los que saben adentrarse en su interior para darle la vuelta a la tortilla en pos de sus ideales. La segunda es la rebelión de granja; animales que se revelan contra humanos pensando que están a su nivel, instaurándose así en el poder y creando algo peor que lo que tenían planeado derrocar. Y, la tercera, es esta. Una rebelión sin sentido en la que siguen al primer idealista que ven, solo bastándoles un punto de su programa electoral para apartarlo y dejar de leerlo. No saben lo que quiero hacer con ellos, y, aun así, míralos, luchando como cerdos por cuatro monedas más.

Ion observaba al chico con sorpresa, pues no esperaba que alguien tan joven y aparentemente tan ignorante pudiera ser tan culto sobre dichos temas.

—Olvidas un tipo de rebelión, Celeus.

—¿Sí? ¿Cuál?

—La rebelión renacentista.

Quien ahora observaba con sorpresa era Celeus, pues no esperaba esta respuesta.

—¿Y en qué consiste esa rebelión, Ion?

—Es sencillo —respondió mientras se encendía un cigarro—. Este último tipo de rebelión consiste en, básicamente, tomar los ideales anteriores para construir los nuevos. Es algo parecido a la rebelión de granja, pues tomas los del pueblo basándote en los anteriores, condenándote a convertirte en lo mismo. Pero hay una diferencia: el pensamiento a largo plazo.

Celeus no terminaba de comprenderlo.

—Explícate. No sé a dónde quieres llegar.

—Imagina pues, que matas a un elefante y construyes una casa sobre él. El elefante es el anterior mandato con sus respectivos ideales, y, la casa, tu nuevo mandato sobre los ideales anteriores. ¿Puedes construir la casa? Sí, claro que puedes. Pero el elefante terminará pudriéndose y la casa caerá, así como tus ideales caerán al convertirse del todo en los anteriores y caer a ellos.

—Entonces es exactamente igual que el de la granja, ¿no?

—No, porque ahí entra el "pensamiento a largo plazo". Si este tipo de rebelión se ejecuta bien, la casa no tiene por qué caer. Imagina que tenemos una masa de pan y la mitad de ella comienza a fermentar. Tú me dirás: "Ion, tira a la basura esa parte". Pero lo que yo haré será quedármela y dejarte a ti la parte que está bien.

—¿Qué? ¿Qué sentido tiene eso?

—Es tan simple como que tú crees que me he quedado con la parte mala, y tú con la buena. Sin embargo, con esa parte fermentada he hecho masa madre, y, con esa masa madre, al cabo de una semana, tengo cinco barras de pan cuando tú simplemente tienes una. ¿Ves a lo que me refiero? Tú habrías tirado esa mitad del pueblo a la basura con el fin de que no afecte a la otra. Sin embargo, yo lo que consigo es utilizar al pueblo dañado para, en un tiempo, volver a unirlo en algo más fuerte y numeroso.

Celeus se llevó las manos a la cabeza, confuso.

—Agh, ¡como sea! No tenemos tiempo. Actualmente solo tenemos dos opciones: dejar que sigan muriendo miles y miles de personas durante quién sabe cuando, o acabar con un significante porcentaje menos ahora en pos del futuro. Si queremos cambiar las cosas, debemos cargar con sacrificios a nuestros hombros. Tú sabrás bien a lo que me refiero. Conozco la localización de nuestro objetivo gracias a un pequeño chip que le inyecté después de matar a Harold. Vamos, Ion. Tenemos una historia que cambiar.

Ion se encogió de hombros y se retiró junto al rebelde, cansado de tratar con las absurdas ganas de guerra del ser humano.

X

Óniro llevaba todo el día observando a Nikko desde la lejanía. Había comenzado a notar algo verdaderamente preocupante en ella, pero que, por otra parte, era de esperar; sus secuelas le torturaban cada minuto. Aun sin espada, la joven llevaba entrenando un buen rato con tres libros al lado, pero, vez en cuando, veía una alucinación de un tal Marvin y rompía a llorar entre violentos temblores. Algo dudoso, se acercó a ella.

—Hey, Nikko —interrumpió el chico.

—¡A—ah! ¡Hola, Óniro! —Exclamó, forzando una sonrisa.

—¿Cómo te encuentras?

—Bien —respondió mientras se terminaba de secar una lágrima, algo avergonzada—. Creo que tengo alergia a algo cercano, ja, ja...

—Ya... alergia.

—¿Ah?

—No, nada. Oye, ¿cómo llevas eso de ser un monstruo?

—Perdona, ¿qué?

—Ya sabes, eso de ser un Saag con careta de humana. ¿Lo llevas bien?

—No... no sé de qué hablas. No soy ningún mons...

—Tch —interrumpió—. Menuda facilidad tienes para engañarte a ti misma y quedarte tan tranquila. Recuerda que puedo leerte la mente. Si planeas algo extraño, lo sabré e informaré de inmediato. Sigue trabajando bajo el sol. Tranquila, si te haces una herida, se te regenerará. ¿No es así como funcionáis los Saag?

Óniro se retiró, no sin antes escuchar e ignorar a duras penas una última frase:

—Todo el mundo me acusa de ser un monstruo, pero nadie me pregunta por qué soy uno.

—…

Cuando el joven entró en el Templo Elemental, Graven le estaba esperando en la entrada.

—¿Por qué actúa así, Felt?

—¿Qué? ¿Así cómo?

—¿Acaso se le ha olvidado que puedo observarles a todos desde cualquier punto del universo? He presenciado su conversación con Meyer desde aquí. Respóndame a la pregunta. ¿Por qué actúa así? Fue usted el que me dijo que no percibía maldad en ella. Quiero una explicación ante tal contradicción.

Óniro suspiró y bajó la mirada.

—Lo siento, señora Graven… pero sufro de un gran duelo interno. Por una parte, mantengo lo que le dije de que no percibo ningún tipo de agresividad en ella. Sí que es cierto que he notado que falsifica la sonrisa y que esconde una gran impotencia, pero, aun así, no creo que haya malas intenciones. Sin embargo, por otra parte, no puedo.. no se me hace tan fácil confiar en ella.

—Lo entiendo. Los Guerreros Elementales de la Luz siempre fueron nefastos para la historia, fuera su culpa o no. Eso ya es más subjetivo. Su miedo es comprensible, Felt. Pero precisamente por eso debemos ganarnos su confianza; si se desata, no tenemos ninguna posibilidad. Por lo menos vosotros. Y, ya que ha dicho que no siente que vaya a atacarnos ni nada parecido… le encargaré una misión. Hágala feliz de nuevo.

—¿Ah?

—Vamos, cómase su orgullo y deje de insultarla cada vez que la ve. Es absurdo, hasta usted lo ha reconocido. Además, es el más cercano a ella en cuanto a edad. Seguro que pueden conectar. Vamos, devuélvale la sonrisa.

—Graven… no quiero hacerlo. Sabe perfectamente qué Saag mató a mi madre delante de mí.

—Besdara, lo sé. Pero dígame, Óniro. ¿Qué piensa hacer entonces? ¿Cómo pretende vencer ese miedo? ¿Encerrándose y esperando a que se vaya? El miedo se irá cuando usted se vaya de este mundo. No se cansará de esperar. Enfréntelo. Es un Guerrero Elemental, ¿no?

El chico lo pensó por unos instantes.

—Agh... está bien, haré un esfuerzo. ¡Pero, cuando acabe la misión, quiero una buena recompensa!

—Cumpla su misión con seriedad, sin pensar en la recompensa. Si lo logra, recibirá el premio más valioso de todos. No olvide mis palabras.

XI
EUFORIA

La tensión en Valis aumenta mientras Viktor se ve amenazado por la presión de Miles. Óniro comienza a sentir mariposas en el estómago y tiene una idea.

Mientras el sol comenzaba a caer, Viktor observaba, decepcionado, cómo en la entrada del Palacio Real los que un día fueron amigos hoy se mataban entre ellos por una ideología. El bando de Celeus iba ganando, y el empobrecido pueblo al que Viktor había sacado de la oscuridad estaba siendo derrotado, por lo que, muy a regañadientes, decidió actuar y se lanzó a la batalla desde el balcón.

—¡¿Es así como ganas?!

—¡Un verdadero Rey pelea en igualdad de condiciones!

—¡Esta no es tu pelea!

—¡Vuelve a tu trono de terciopelo, cabrón!

Todos los enemigos abucheaban a Viktor, pero no le importaba. Sabía qué era lo que tenía que hacer, por mucho que tuviera que sacrificar. A pesar de la clara diferencia de fuerza entre los combatientes y el Saag, los primeros superaban con creces a los *surgistas* en número, por lo que terminaron rápido con ellos y asaltaron el Palacio Real. Decenas y decenas de ciudadanos enfurecidos se abalanzaban encima de Viktor, golpeándolo con todo tipo de armas e incluso abriendo fuego contra él. Aunque sus heridas se regenerasen relativamente rápido y no sufriera mucho daño, donde más daño recibía era en su interior. Ver a toda esa muchedumbre en guerra siguiendo al que era el falso hijo de su padre le resultaba extremadamente lamentable.

X

La noche cayó, y Óniro no podía pegar ojo. Harto de dar vueltas en la cama, salió descalzo y en pijama a dar un paseo por los alrededores. La hierba estaba húmeda, pues hacía no mucho rato que había terminado de llover. Cuando sus pies entraron en contacto con ella y el frío viento de noviembre le rozó el rostro, su piel no tardó en erizarse. Lo cierto es que tenía miedo; aunque se mostrara reacio y desagradable al interactuar con Nikko, simplemente era una estrategia de defensa para sentirse más seguro, pues en ningún momento olvidaba que dentro del interior de aquella joven anidaba el asesino de su madre.

Cerca del Templo, avanzando un poco por fuera de los límites de la aldea, había una pequeña colina en la que se veían nítidamente las estrellas. Óniro siempre iba ahí cuando no podía dormir o necesitaba relajarse, y esta no fue la excepción. Sin embargo, encontró a alguien a quien no esperaba ni quería encontrar.

—¿Qué haces tú aquí?

Nikko se sorprendió, pues se encontraba bastante relajada tumbada sobre la hierba y ella tampoco esperaba que el chico se presentase.

—A—ah... lo—lo siento, ya me voy.

—No, espera —respondió Óniro, evitando que Nikko terminase de levantarse—. Quiero hablar contigo.

La muchacha se sentía algo nerviosa, y no se le dio bien ocultarlo. Ambos se tumbaron sobre la hierba, en un silencio algo incómodo.

—¿He... he hecho algo malo, Óniro?

—No, no, tranquila. En tal caso, he sido yo el que ha hecho algo malo.

—¿El qué?

—¿Cómo que el qué? Te he tratado muy mal desde que estás aquí. Quería pedirte disculpas. De verdad que me sienta mal hacerlo, pero tengo miedo, ¿sabes? Besdara... ah... ese monstruo que tienes dentro mató a mi madre.

Nikko quedó estupefacta.

—¿Qué? Por... ¿por casualidad sabes el nombre del hombre o mujer a la que poseía?

—Sí. Sí, y nunca lo olvidaré. Baido Meyer. Ese hombre era...

—...mi padre.

—...

Otro incómodo silencio reinó el lugar por unos segundos. Óniro decidió romperlo y miró a la Guerrera con una sonrisa.

—Pero no te sientas culpable, Nikko. Finalmente he comprendido lo que tanto me costaba comprender. Tu familia siempre fue víctima de sus orígenes.

—Sí... pero, aun así, es inevitable cargar con cierto sentimiento de culpa. Tenemos la posibilidad de acabar con esto y no lo hacemos. Si yo muero, Besdara muere. Y quizá también el resto de Saag, ya que Besdara posee el Núcleo Púrpura. Pero no tengo el valor de morir.

—Hablas como si fuera algo fácil o algo que todos tenemos el valor de hacer. No lo es, Nikko. No te sientas cobarde por no atreverte a rendirte.

Nikko miró al Guerrero con una sonrisa.

—Gracias por confiar en mí, Óniro.

El chico enrojeció ligeramente.

—N—no me las des. O—oye... mañana voy a ver a mi padre. Vive algo lejos de aquí, en un acantilado que da al mar. Hay unas vistas bastante bonitas, y, además, es un lugar bastante relajante. Quizá te venga bien olvidarte un tiempo de todo. ¿Te gustaría venir?

Cuando Óniro volteó de nuevo para mirar a Nikko, se dio cuenta de que los ojos de esta ahora brillaban de ilusión.

—Siempre quise ver el mar. (Al igual que Harold...)

—Pues entonces ven conmigo. Lo pasaremos bien.

Las manos de ambos jóvenes se encontraban al lado, queriendo tocarse pero siendo bloqueadas por una rígida timidez.

—Partiremos a primera hora de la mañana, a si que deberíamos irnos ya a dormir. ¿Volvemos juntos al Templo?

—Claro.

Y así fue. Nikko y Óniro se levantaron y se dirigieron juntos a paso lento al Templo Elemental. Pasado más o menos un minuto, la chica apoyó tímidamente su cabeza en el hombro del joven mientras caminaban, lo que enrojeció a este e hizo que rieran juntos.

Al día siguiente...

Llegadas las nueve de la mañana, ambos ya se encontraban en el coche. Mientras Óniro conducía, no podía evitar observar de vez en cuando a la joven mirando por la ventana. Aunque estuviera cansado y llevara tres horas conduciendo, aquella muchacha lograba revitalizarle con facilidad. Sin embargo, más de una vez sentía cómo repentinamente la sonrisa de Nikko se esfumaba y sus manos comenzaban a temblar y a sudar debido a algún espontáneo mal recuerdo. Hubo un momento en el que miró hacia atrás y vio a Marvin en los asientos traseros, lo que provocó que diera un grito de terror y asustase a Óniro, casi provocando un accidente contra un camión.

—¡Para, tía! ¡¿Qué ocurre?!

—Lo... lo siento...

El chico suspiró.

—Disculpa, no debí gritarte. Me he puesto nervioso. Tranquila, ¿vale? El objetivo de este viaje es que te relajes y que te olvides de todo durante una semana.

—Pero... pero voy a ponerte en peligro, Óniro. Me persiguen como locos.

—Descuida, cuento con el permiso de Graven. Dio el visto bueno a la idea de alejarnos un tiempecillo para que pudieras recuperarte un poco. Recogiste antes la espada que te hizo Garren, ¿no? Si se nos presenta un problema, le haremos frente juntos.

—S-sí.

X

Una noche. Una sola noche había bastado para que Valis se conviertiera en un auténtico polvorín. Edificios destrozados, pequeños comercios asaltados, vehículos y contenedores ardiendo por todas partes...

Allá por las cinco de la madrugada, los ejércitos del resto de naciones habían aprovechado la crisis política y civil de Valis para asediarla, formando una rápida gran alianza entre ellos. La ciudad que había sido el pináculo de la economía mundial ahora se encontraba destinada a la perdición. Y todo gracias a un hombre. Un hombre con una mente maquiavélica.

—General Gernovk. Es un honor conocerle.

—Las puertas de Valis no son un lugar muy seguro para conversar, pero bueno... qué es la vida sin riegos. El honor es mío, Miles. Gracias a su información hemos logrado conquistar Valis uniendo casi todos nuestros ejércitos.

—¿Casi todos?

—Sí. Era de esperar que hubiese naciones opositoras, pero bueno... a ellas ya se les aplicará el correccional cuando Valis sea nuestra. Gracias a usted, el mundo está en camino de un gran gobierno globalista. El dominio y la expansión sin precedentes de Valis ahora se llevará a cabo como siempre debió llevarse. ¿Cómo podemos compensarle su ayuda?

—Con que protejáis a mi familia me es suficiente, señor. Lo único que no me perdonaría en este mundo sería que mi mujer y mis dos hermosas hijas se vieran involucradas en toda esta mierda.

—Descuide. Por cierto, ¿dónde se encuentra el vigente rey? Heidfrig III no, sino su hijo. Ya conozco el destino del primero.

—Por lo que tengo entendido, ha escapado tras verse superado en número. Nadie sabe a dónde se ha dirigido. Cuando Celeus regrese de encargarse del Rey Saag, la corona será entregada a él. Él es el futuro rey de Valis.

—¿Celeus?

—Sí. Es el hijo legítimo del rey Heidfrig Van Julen III. Ese muchacho es todo un prodigio; ha sido la clave de toda esta revolución. Un radical de manual. Me gustaría conocerle en persona.

—Bien, no tengo ninguna objeción. Si merece la corona, que así sea. En fin, he de irme. Mis tropas me esperan.

—De acuerdo.

Cuando Gernovk se retiró, Miles esbozó una maquiavélica sonrisa.

X

—¡Llegamos! —Exclamó Óniro—. Ah, por cierto. Deja la espada en el coche.

Nada más aparcar el vehículo, Nikko se bajó, ilusionada. El ambiente era tan simple como agradable; un sol que pegaba bastante fuerte iluminaba un pequeño campo con una casa de dos plantas, la cual estaba al lado de un acantilado que daba a una gran playa. Óniro se bajó también del coche y lo primero que hizo fue observar. Pero no observar al mar como la muchacha, sino observarla a ella. A una hermosa mujer que miraba al océano por primera vez mientras agarraba su sombrero de paja decorado con un lacito amarillo. La concentración que tenía fijada en ella se rompió cuando escuchó una voz a unos cincuenta metros.

—¡Óoooooonirooooooooooo!

—¡Papá!

Óniro y Nikko corrieron en dirección a la casa, dejando el coche aparcado.

—¡Papá! —Exclamó el chico mientras le abrazaba con fuerza.

—Siempre me tienes preocupado, chaval... me alegro mucho de que sigas entero dedicándote a lo que te dedicas

—Ja, ja... sí. Papá, esta es Nikko. Es una ami... eh, conocida que viene a pasar unos días.

—¿Tan pronto me haces abuelo?

Nikko enrojeció.

—¡Papá!

—¡Jo, jo, jo! Es broma, es broma. Soy Darius. Es un placer.

—El placer es mío, señor.

Aquel hombre inspiraba bastante confianza solo con verlo. Era un hombre aparentemente de edad avanzada, con una corta y cuidada barba gris y algo de panza. Vestía con ropa casual de campo, sobre todo por los tirantes en la camisa.

—Pasad, pasad, no os quedéis ahí.

Ambos jóvenes entraron en la casa. Nada más pasar, Nikko quedó asombrada; el interior de la primera planta era un gran salón con una larga mesa de comedor, paredes llenas de cazuelas y decoraciones de lo más rústicas y exóticas lámparas colgando del techo. A la izquierda, había una pequeña cocina con una vitrocerámica, un microondas, un horno y un fregadero, y, al fondo, unas escaleras de caracol que conducían a la segunda planta, en la que se encontraban las habitaciones y el cuarto de baño.

—Es muy bonita, señor Darius.

—¿Verdad? La hice pensando en mi amada.

Óniro dejó de sonreír por unos segundos.

—Anda, corred a la playa un rato. Tengo que preparar vuestras habitaciones. ¿O debería decir "vuestra habitación"?

—¡Papá!

—¡Jo, jo, jo! ¡Anda, marchaos!

Y así fue. Nada más cambiarse de ropa y ponerse un bikini amarillo que le habían dejado en el Templo, corrió a la playa. Sin embargo, cuando llegó, y al contrario de como pensaba que sería, no se lanzó de cabeza al mar. En lugar de eso, frenó en seco inconscientemente, completamente anonadada ante la belleza del panorama que se hallaba en frente de ella; el enorme mar, el ruido de sus olas y de las gaviotas... todo en su conjunto le puso la piel de gallina.

—Óniro...

—Precioso, ¿verdad? Ya sabía que...

Cuando el chico volteó para mirar de nuevo a la muchacha, se le cortó la frase sin querer. Mientras Nikko disfrutaba metiendo tímidamente los pies en el agua, Óniro la observaba en silencio. Esas atléticas piernas, esas caderas... pero, sobretodo, esa mirada. Una mirada que expresaba mil y un sentimientos que confluían en uno solo; bondad. O quizá en dos, si contamos la infantil y agradable inocencia que transmitía. Al contrario que en el resto de su vida, esta vez se fijó muy poco en las partes en las que una persona joven suele fijarse, con el objetivo de deleitarse únicamente con su rostro. Lleno de alegría, corrió con ella y ambos comenzaron a salpicarse y a reír juntos, todo mientras Darius les observaba desde la cima del acantilado con una sonrisa.

—¡Óniro, mira! —Exclamó la joven.

—¿Ah?

—¿Qué es esto?

El chico se sorprendió al comprobar su triste ignorancia.

—Es... es una concha. Nikko, ¿alguna vez has salido de tu pueblo o has leído algo del exterior?

—No. Nunca se me ha permitido.

—¿No? Pues mira, póntela en la oreja.

Nikko cogió la concha con algo de inseguridad y se la acercó a la oreja. Cuando escuchó un suave ruido en su interior, se asustó y casi la dejó caer.

—¿Oh? ¡Oh! ¡Se escucha algo!

—Se suele decir que eso que se escucha es el mar, pero la realidad es que en su interior hay aire vibrando constantemente. Parece el de las olas del mar porque, al igual que ellas, su sonido es fluctuante. Curioso, ¿verdad?

—Lo es...

La Guerrera miró al chico con la concha en las manos y con una sonrisa que destilaba emoción.

—Óniro, quiero que me enseñes todo lo que no he podido aprender durante mi vida. Seguro que el saber qué es una *cocha* es lo más básico del mundo, pero yo no lo sabía. Enséñame todo lo que sepas.

—No lo dudes. Haré que compruebes lo bonito que es el mundo cuando estás alejada de las guerras y de toda la tensión. Ah, y se dice "concha", no "cocha".

—¿Ah, sí? ¿Y cómo se le dice a esto? —Preguntó Nikko antes de empezar a salpicarle.

—¡Eso ya lo sabes! ¡Para! ¡Ay!

Mientras tanto, en el Templo Elemental, Graven y Kalasav entrenaban juntos, como de costumbre, en el jardín.

—Eso es, ¡eso es! Te mueves cada día mejor. Veo lejano el día en el que vuelva a tener el primer puesto entre los Guerreros Elementales.

—Gracias, Kalasav. Si ves lejano el superarme, abandona ese objetivo para superarte a ti mismo. Alguien me dio ese consejo una vez... ¿quién podría ser? No me acuerdo —bromeó.

Kalasav esbozó una sonrisa orgullosa. Pero su sonrisa no tardó en desaparecer cuando sintió una amenaza no muy lejos de su ubicación.

—Espera, Graven. No estamos solos.

—¿Ah? Será Rax, Althea o alguien de la aldea. No te...

—No. Es un Saag.

—¿Qué? ¿Aquí?

Graven se puso en posición de ataque y observó a sus alrededores. Seguidamente, cerró ambos ojos para ejecutar una de sus Esencias.

—(Primera Esencia: Rastreo Boreal).

De repente, toda la zona cambió de color a uno negativo en el que únicamente resaltaban los seres con una temperatura corporal constante, es decir, cualquier ser vivo excepto los vegetales. Además, dicha Esencia dividía a los seres por colores; mientras que Kalasav se había vuelto verde e invisible para los enemigos por ser un aliado, a lo lejos, detrás de un árbol, se podía ver una figura visible y roja simbolizando que era un enemigo. Cuando Graven lo localizó, aun con los ojos cerrados, fijó un blanco invisible en el árbol y no tardó ni dos segundos en disparar una bola de energía morada que partió el tronco a la mitad, dejando al Saag al descubierto. Este no tardó en echar a correr, pero Kalasav no se lo permitió; una jaula de hielo compacto comenzó a formarse a su alrededor, imposibilitándole la fuga a pesar de su gran fuerza.

Graven se teletransportó al lugar junto con Kalasav.

—¿Lo mato, Graven?

—Adelante.

—¡NO!

Ambos Guerreros se detuvieron al instante cuando el Saag gritó utilizando el lenguaje humano.

—¡No me maten! Por favor, ¡haré lo que sea!

Graven se encontraba completamente aterrada. En cambio, Kalasav mantenía la compostura, simplemente mostrándose algo sorprendido.

—¿Nos entiendes? —Preguntó el hombre.

—¡Sí! ¡Sí, les entiendo! ¡No me maten, por favor!

—Eres el primer Saag que es inteligente y que puede comunicarse si no tenemos en cuenta a Besdara. ¿Quién demonios eres?

El chico tragó saliva.

—¡Soy Viktor Heidfrig! ¡Hijo legítimo del difunto Rey Van Julen Heidfrig III!

—¿Y qué haces aquí?

—¡Valis ha sufrido una rebelión! La corona me pertenece, ¡pero el pueblo me ha traicionado y han decidido seguir al hijo ilegítimo del rey!

—¿Hijo ilegítimo?

—Es... es una larga historia. Por favor, libérenme. Estoy en su bando.

Kalasav seguía pensativo.

—Un Saag inteligente que puede comunicarse y que dice estar de nuestro lado... interesante. ¿Qué opinas, Graven?

—Tengámoslo en cuenta. Pero, por el momento, irá a los calabozos.

Viktor fue teletransportado a una celda blindada de máxima seguridad.

—(¿Cómo ha encontrado el Templo...?)

Unas horas más tarde...

—¡Y entonces Oni se cayó con el triciclo a la piscina por decirle que mirase a la luna!

Mientras cenaban, Nikko se reía a más no poder con las anécdotas que contaba Darius sobre Óniro mientras este último se moría de vergüenza. A la joven le agradaba bastante aquel ambiente; buenas vistas, un gran salón con una preciosa y acogedora decoración, y, lo más importante: dos personas con las que comer y reír.

—¿Estás disfrutando de la comida, Nikko? Tenéis que estar *agotaos*. Vaya día de playa que os habéis pegao'.

—Está todo muy rico, señor. Nunca había probado el marisco.

—¿No? ¡Bendito manjar! ¿Verdad, Oni?

—¿Oni? ¿Quién es ese? —Preguntó el chico, molesto.

Nikko y Darius se rieron todavía más.

—Vamos, hijo, no te enfades. Puedes llamarme "Dari" si quieres.

Tras unos segundos de silencio, el Guerrero miró a Nikko y cambió de tema.

—Oye, hemos estado hablando todo el rato de mí. Pero, ¿qué hay de ti, Nikko? Cuéntanos algo de cuando eras pequeña.

Un incómodo silencio reinó en el salón.

—Oh... lo—lo siento, no tenía intención de...

—¡No, no! No te preocupes, Óniro. En realidad sí que tengo buenos recuerdos de mi infancia. Sobre todo antes de los catorce años. Dime, ¿odiabas la escuela?

—Y tanto que la odiaba —respondió Darius—. Muchas veces fingía estar malo pa' no ir, ¡pero este viejo de aquí no tiene un pelo de tonto!

—Este viejo de aquí no tiene pelo, a secas.

—Oye, ¡que aún conservo algo!

Nikko y Darius se rieron, contagiándole también la risa al muchacho.

—Je... pues en Naila no la odiábamos —siguió Nikko—. De hecho, nos gustaba tanto que, en verano, mi padre improvisaba clases y distintos talleres para los niños en la plaza.

—¿Cómo se llamaba tu padre, Nikko? —Preguntó Darius.

—Bai...

Óniro le dio un codazo disimuladamente.

—A—ah, esto... Harold. Su nombre era Harold. Era un hombre que amaba la pesca más que a su vida. Siempre nos ponía por delante de él. Su sueño era ver el mar y pescar en él... pero lo traicionaron y asesinaron cuando yo tenía catorce años.

—Vaya... lo siento.

—Bueno... es algo que ya tengo superado. Aun así, cada vez que echo la vista atrás, se me pone la piel de gallina. Echo de menos todos esos momentos. Ya sabe, esos en los que no tenías ninguna preocupación y tu único y mayor problema era que hubiera verduras para cenar.

—Es normal, pequeña. Yo, con mis largos cincuenta y tres años, también echo de menos muchas cosas. A mi mujer, por ejemplo.

—Papá, no hables de ello si no quieres...

—No te preocupes, hijo. Además, a Felicia le encantaba que presumiera de ella. Seguro que, allá donde esté, quiere que lo haga de nuevo.

Darius hizo una pequeña pausa y suspiró antes de dejar el tenedor sobre la mesa y seguir hablando.

—Era una mujer preciosa. De verdad... tanto por fuera como por dentro. Todo de ella me enamoraba; sus ojos, azules como el mismísimo cielo, contrastaban con su pelo, que era negro como el azabache. Pero ese contraste, sumado a esa atrapante mirada, lograban vencerme. ¡Lograban vencerme incluso a mí, que en aquellos tiempos era de lo más rebelde que había! Ja... sí. Tocaba mi fibra sensible, y yo me dejaba. Por algún motivo, era la única persona con la que me dejaba. Con la que me abría y me sentía yo. Hasta aquel día. Tras ahorrar mucho dinero y trabajar muy duro, logré llevarla a cenar a un restaurante de lujo en Valis. Allí pensaba expresar sin tapujos lo que sentía por ella, y, así, dejar atrás mi época agresiva para poner un punto y a parte en mi vida y ser como mi padre siempre había querido que fuese; una persona buena y educada con el prójimo. Pero ni siquiera tuve tiempo. Una bestia, cuyo nombre más tarde supe, asaltó el restaurante, dejándolo patasarriba en apenas unos segundos. Su nombre era Ragma Besdara, y el hombre poseído era Baido Meyer, el actual Guerrero de la Luz. Nunca olvidaré a ese cabrón.

—Papá...

—Intenté escapar, por primera vez poniendo la vida de alguien por delante de la mía. Pero no fui capaz. La bestia, quien se encontraba dentro del cuerpo de aquel hombre, se abalanzó sobre Felicia y la hirió de muerte. Antes de que pudiera rematarla, fue contenida por las fuerzas de seguridad y escapó, por lo que pude hablar una última vez con quien se suponía que iba a hacerme pasar página. Pero sus últimas palabras no fueron las que esperaba, supongo que porque ella era consciente de que no había mucho tiempo. "Ve a esta dirección", me dijo mientras sacaba un papelito del bolsillo de su chaqueta. "Entra en la última habitación del pasillo y encárgate de él, por favor. Nadie más puede hacerlo. No quiero que nadie más lo haga... solo confío en ti. No me falles. Te quiero." Entonces, murió en mis brazos. Completamente en shock y entre todo el pánico que cundía, salí del restaurante, e, inexpresivo, me monté en su coche. Me dirigí hacia donde ella me dijo, y, allí, en esa oscura habitación, se encontraba un bebé regordete que no dejaba de llorar. Nunca me contó que fue madre tan joven, pero mi prioridad no era averiguar por qué lo fue. Mi prioridad ahora era ese bebé, al que llamé "Óniro". Y lo ha sido desde entonces.

—Vaya... lo... lo siento, señor Darius.

—No hay nada de lo que preocuparse. Toda la mierda que nos lanza la vida es para que aprendamos y mejoremos. Aunque no siempre sea de las mejores formas, debes aprender de todo lo que te ocurra, Nikko. Aprender, aprender y nunca dejar de aprender. Solo así lograrás ser una mujer fuerte. La verdadera fuerza está aquí —se señaló la cabeza—. Las situaciones difíciles, quitando las que incluyen violencia física, no las superan los que tienen un brazo fuerte o unas piernas fuertes, sino los que tienen una mente fuerte. Sin embargo, no te dejes guiar por todo esto. La realidad es que, durante toda su existencia, el ser humano ha creado dos absurdos bandos; el de los inteligentes que menosprecian a los fuertes, y el de los fuertes que menosprecian a los inteligentes. Pero quien realmente gana es el que no pertenece a ninguno de esos dos bandos. El que encuentra el equilibrio. El que encuentra la paz en el más bullicioso centro.

—Entiendo...

Tras unos segundos de silencio, el hombre se sobresaltó.

—¡AL SUELO! —Exclamó.

De repente, una intensísima lluvia de balas entró en la casa por la ventana, provocando una lluvia de cristales y agujereando muchos de los muebles y cuadros.

XII
LUZ AL FINAL DEL TÚNEL

El hogar de Darius sufre un inesperado asalto. Después de la aparición de un Saag dentro de los límites que invisibilizan y protegen la zona del Templo y de la aldea, Graven se plantea tomar una decisión.

Una frase muy recurrente en los cuentos populares es la de que, si deseas algo con todas tus fuerzas, se hará realidad. Pero toda frase, hasta la que suena más dulce e infantil, tiene un lado oscuro. Un lado que prefiere no verse, y que, de hecho, se echa a un lado constantemente tildándolo de absurdo e improbable. El lado oscuro de esta frase es, ni más ni menos, la propia igualdad. Si fuese realidad que el desear algo con todas tus fuerzas hace que se cumpla, el mundo no tardaría en sumirse en el caos, víctima de las mentes enfermas que rápidamente se comerían a las inocentes que solamente quieren el bien. ¿Todo el mundo merece deseos? ¿O estos deben ser privilegio de los pocos supervivientes a la mezquindad humana?

Darius, Nikko y Óniro se habían escondido bajo la gran mesa en la que cenaban, intentando ocultarse tanto de los atacantes como de la atroz lluvia de balas que había tenido lugar durante un largo minuto.

—¡Papá...!

—¡Shhh! —Exclamó en voz baja—. ¡Guardad silencio!

Aproximadamente un minuto después de que dejaran de abrir fuego, alguien tiró abajo la puerta de tres fuertes patadas.

—De nada sirve que te escondas, Nikko. Os hemos visto por la ventana. Tu falta de cautela te pasará factura.

—(¡¿Celeus?! No... ¡no, no, no! ¡Ahora no, joder!)

—Ion, busca por debajo de las mesas. ¡Escuchadme! ¡Tenéis una oportunidad para hablar y vivir unos minutos más!

El hombre iba lanzando por los aires todas las mesas a medida que se acercaba a la del escondite.

—¡Papá, no!

Darius salió del escondite y se posicionó, firme, delante de Celeus y de los cinco hombres que le acompañaban. Ion, mientras tanto, se limitó a observar apoyado en la pared mientras se encendía un cigarro.

—¿Quiénes son ustedes, forasteros? ¿Y por qué nos atacan?

—¿Hace falta decirlo? —Preguntó Celeus, atónito.

Nikko miró a Óniro y enseguida percibió lo que sentía. El chico estaba nervioso a más no poder, aparentemente batiéndose en un duelo interno.

—(Soy el Guerrero Elemental de la Mente... puedo vencerles fácilmente. ¡Puedo vencerles fácilmente con un solo chasquido! ¡¿Por qué...?! ¡¿Por qué me aterra tanto salir del escondite?!)

—Por supuesto que hace falta decirlo. Estaba cenando tranquilamente con mi hijo y su novia, ¿qué coño quieren?

—(¡¿Novia?! ¡Papá!)

Celeus suspiró y se encogió de hombros.

—Supongo que no es consciente de con quién estaba cenando, buen hombre. Y no le culpo, pues es propio de ese ser el mentir descaradamente, incluso si eso conlleva poner en peligro a alguien tan noble y educado como usted. Estaba cenando con Nikko Meyer.

—¿Y qué pasa con...?

—El recipiente de Besdara.

Un incómodo silencio reinó en el lugar durante unos segundos.

—¿Qué...? No. No, eso no es cierto.

Nikko comenzó a ponerse extremadamente nerviosa.

—Como ella aún no sale de su escondite, me da que la verdad se la tendré que revelar yo. Nikko Meyer es la Guerrera Elemental de la Luz, y, por ende, tiene a Besdara en su interior.

Darius comenzó a hilar cosas en su mente, hasta que dio con la clave para reconocer que esa afirmación era cierta.

—La cruz —murmuró—. La cruz que tiene Nikko debajo del cuello es... y el apellido "Meyer"... no... ¡NO!

La Guerrera salió del escondite, extremadamente nerviosa.

—¡Es cierto, Darius! ¡Ragma está en mi interior!

Óniro salió, también bastante nervioso.

—Vaya, de repente son tres. ¿Queda alguno debajo de la mesa o ya estamos todos en la fiesta? ¿Qué piensa hacer, Darius?

El hombre miró a su hijo, triste.

—Hijo... hijo, ¿tú sabías esto?

—Yo...

—¡No le mientas a tu padre! —Exclamó, desesperado.

Óniro comenzó a sufrir un pequeño ataque de estrés.

—¡¡¡NO LE MIENTAS A TU PAD...!!!

—¡SÍ! —Cortó, creando otro momentáneo e incómodo silencio—. ¡Sí, papá, sí! ¡Lo sabía! ¡Lo sabía desde el principio!

La rabia de Darius se esfumó rápidamente para dar paso a un estado de shock.

—Hijo... tú... ¿por qué?

—¡Ella no tiene la culpa de nada, papá! ¡Ella...!

—¡ME DA IGUAL!

—...

—¡He cenado con el monstruo que mató a mi amada! —Gritó mientras rompía a llorar—. Y tú no has hecho nada por impedirlo. ¡Ni siquiera te has sentido culpable!

—Esto, señor Darius... —interrumpió Celeus.

—¡LÁRGUENSE DE AQUÍ!

—Oye, oye, no me grite... me altera mucho que me griten. Yo me encargaré de la chica, Darius. Así no manchará sus manos de sangre. Viva los años que le quedan como el hombre puro que es.

—¡HE DICHO QUE SE LARGUEN!

—Le estoy haciendo un favor —siguió el cazarrecompensas, ignorando el enfado del hombre—. Piense con la cabeza. ¿Se convertirá usted en un asesino? ¿Cree que es eso lo que querría esa amada suya que mencionó antes? —Provocó, a sabiendas de que le dolería.

El hombre entró en un incontrolable estado de cólera y le lanzó una silla a Celeus. Sin embargo, justo antes de que esta impactase contra él, Ion la cogió y se la estampó en la cabeza, derribándole.

—¡PAPÁ!

—Quieto —ordenó Ion mientras encañonaba a Darius y le apretaba el cuello con el brazo—. Un paso más y todo se llenará de sesos.

—Nikko, ¿es que aún no piensas ceder? Nunca imaginé que tu orgullo fuera tan colosal —provocó Celeus de nuevo.

La mente de la muchacha se encontraba completamente en blanco. No podía reaccionar; de nuevo, lo único que su cuerpo podía hacer era limitarse a observar la escena sin atreverse a intervenir, sudando a chorros.

—Oye, no tengo toda la noche, ¿sabes? Tengo una corona que heredar.

De repente, una voz comenzó a sonar en el interior de la chica.

—(Es el momento idóneo, ¿no crees?)

—¡No! ¡Cállate! ¡No te dejaré salir!

Celeus sonrió, a sabiendas de con quién hablaba.

—(Vamos, Nikko. Quiero divertirme un poco. Yo logro la Segunda Dominación, tus amigos sobreviven y tus enemigos mueren. ¿No es perfecto? ¡Todos ganamos!)

—¡He dicho que no!

Ion recargó el arma.

—¡SUELTA A MI PADRE! —Exclamó Óniro, extremadamente alterado.

—Espera, tú también eres un Guerrero Elemental, ¿no? El gran Celeus no puede creer lo que ve —dijo, refiriéndose a sí mismo en tercera persona—. Dos Guerreros Elementales y Besdara están juntos, y ninguno de ellos se atreve a intervenir. ¿Qué pasa, chaval? Podrías vencernos en unos segundos. ¿O es que te falta valor?

Óniro sufrió una serie de flashbacks gracias a esa última pregunta.

—Mi madre fue abandonada cuando era muy pequeña en los barrios bajos de la ciudad. Para ganarse la vida, no tenía otro remedio que ejercer de prostituta. Un hombre que la contrató la violó y la dejó embarazada de mí. Siempre se atormentaba por no haber tenido el valor de abortar. Siempre se arrepintió de haberme traído al mundo, porque sabía que iba a condenarme a una vida de mierda. Por eso pienso que se fue satisfecha. Sabía que papá iba a darme una mejor vida. No le voy a fallar. ¡Mírame! ¡Mírame, madre! —Exclamó mientras esbozaba una sonrisa de locura—. ¡Ese valor que te faltaba, lo tengo yo aquí mismo!

Los ojos del chico comenzaron a emitir muchos colores de forma rápida e intermitente y Celeus y sus hombres comenzaron a flotar.

—¿Qué? ¡Estamos flotando! ¡Eh, oye! ¡OYE! ¡No puedes matarnos, chaval! ¡Si quisieras, ya lo habrías hecho! ¡Pero te falta valor!

Nikko y Darius comprendieron enseguida la situación. El Guerrero de la Mente estaba jugando con la mente de sus enemigos, provocándoles ilusiones y haciéndoles creer que estaban sumidos en un estado de nula gravedad que les hacía volar. Visto desde la perspectiva de los aliados, era un dantesco y surrealista espectáculo, pues parecía que se habían vuelto completamente locos mientras hacían movimientos aleatorios intentando bajar al suelo cuando en realidad ya estaban en él.

—¡Nikko, llévate a mi padre!

—¡¿Qué?! ¡No voy a dejarte solo!

—¡Llévatelo, por favor! ¡Escapad en el coche! ¡Yo estaré bien!

Ambos cruzaron una última mirada de confianza, y la chica obedeció. Mientras se dirigían corriendo al coche, Nikko cayó en un importante detalle que había pasado por alto. Cuando todos los enemigos se sumieron en esa falsa ilusión, Ion ya no se encontraba entre ellos.

—(¡Mierda, mierda, mierda! ¡¿Dónde estará ese?!)

Antes de que Nikko pudiera siquiera abrir la puerta del coche, Darius frenó en seco.

—¡Darius, móntese! ¡Debemos irnos! ¡Óniro se las arreglará!

—No. Tengo un ajuste de cuentas pendiente con el que está dentro de ti. Ambos sois unos mentirosos... pero a ti no te haré daño. Déjale salir. Quiero enfrentarme a él.

—¡¿Qué?! ¡Darius, no! ¡No tiene ninguna posibilidad!

Darius cerró los puños con rabia y le asestó un puñetazo al coche.

—Pensaba que, al retirarme de la aburrida vida cotidiana, me había librado de todo el rencor que me carcomía el corazón. Pero no era cierto. Ese rencor simplemente se escondía esperando a esta misma noche. ¡No me iré sin haber ajustado cuentas!

Por si la situación no era lo suficiente tensa, comenzó a llover.

—¡Darius, por favor!

—(¡Déjale, me está retando! ¿No se habla mucho de derechos hoy en día? ¡Por ejemplo, el de la eutanasia! ¡Está en su derecho a morir dignamente! ¡JA, JA, JA!)

—¡CÁLLATE!

Darius, pensando que le había mandado callar a él, entró de nuevo en cólera y agarró bruscamente del cuello a Nikko, ahogándola mientras le golpeaba salvajemente la cabeza contra el coche.

—¡Sal, monstruo! ¡SAL! ¡ESTO ES POR FELICIA!

—(No hay manera... ¡está fuera de sí!) —Pensó la joven mientras era agredida, cada vez más nerviosa—. (¿Qué harás, Nikko?) —Preguntó Besdara—. (No tienes mucho tiempo. Si no escapamos ahora, quién sabe qué podría pasar. Vamos, déjame salir. Qué más da una Dominación más que una menos... todo esto acabará antes de que llegues a las cinco. Siempre ocurrió. Las excepciones no existen. U otra opción es que luches tú. Eres una Guerrera Elemental, ¿no? ¿O es que dependes de mí para servir para algo? ¡Ja, ja, ja! ¡Eres ridícula! ¡Eres más ridícula de lo que pensaba! ¡ERES UNA DEBILUCHA!)

—¡DARIUS! —Gritó Nikko, ignorando a Ragma—. ¡SI NO SE DETIENE AHORA, ÓNIRO...!

De repente, un letal balazo impactó contra la cabeza del hombre. Aquel momento ocurrió a cámara lenta para la joven; la bala entrando en su cráneo casi en el instante en el que el tiro emitió el sonido, la sangre y la lluvia empapando a la chica y el hombre, muerto ya, cayendo al suelo sin haberse podido si quiera despedir de su hijo.

—Da... Da—Darius... no...

Ion salió, con un rostro nada orgulloso, de unos arbustos.

—No me odies, Meyer. Es mi trabajo.

Nikko miró a Ion con un rostro aterrador.

—Estoy aburrido de todo esto. Solo quiero retirarme con mi perro y vivir en paz, alejado de la guerra y de todas esas mierdas. Sé que ya no hay forma de expiar mis pecados, pero, ¿es mucho pedir?

La cruz de Nikko comenzó a brillar.

—(¡Sí! ¡Déjame poner a bailar a este viejo cabrón que ha matado a Darius!) —Gritaba Ragma, emocionado.

—Cierra la puta boca, don nadie.

El tono en el que maldijo la muchacha dejó atónito incluso a Ragma Besdara, el Rey Saag.

—(¿Oh? Vaya... suenas diferente. ¿A este punto tenéis que llegar los humanos para cambiar? Qué patético. Bien, te dejaré en paz por ahora. Me limitaré a observar cómo te las apañas).

Ion suspiró. Cansado, recargó calmadamente su fusil y lo introdujo en las nuevas prótesis que se había instalado en ambos brazos, las cuales eran capaces de transformarse en cualquier arma gracias a una tecnología de alto secreto.

—¿Con qué me sorprenderás, Guerrera? Date prisa, que a este paso me voy a resfriar con esta lluvia.

Nikko, quien había adoptado un rostro furioso, blandió su espada y se lanzó contra el hombre. Este logró crear un escudo justo a tiempo con su prótesis derecha, el cual utilizó para defenderse de los sorprendentemente rápidos y contundentes golpes de la muchacha.

—¿Pero qué es esto? Parece que hay personas a las que Dios les regala los dones. Si fuera una película, ¡lo llamaría conveniencia de guión! ¡Ja, ja, ja! —Exclamó antes de lanzarla por los aires haciendo un fuerte gancho hacia arriba con el escudo—. Pero, por desgracia para ti, no es una película. De nada sirve que te regalen un don si no sabes sacarle el máximo partido.

Ion fusionó sus dos prótesis para formar una enorme minigun.

—Sayonara —sonrió.

Sin perder un segundo más, abrió fuego a bocajarro contra la derribada muchacha. Sin embargo, cuando se quiso dar cuenta, esta había desaparecido del lugar en el que se encontraba noqueada.

—(¿Qué?)

—Dios no me ha regalado ningún don.

De repente, un haz de luz comenzó a dirigirse extremadamente rápido hacia él, dándole el tiempo justo para protegerse del espadazo con la minigun. La muchacha saltó hacia atrás y ambos volvieron a quedar uno en frente del otro, a unos veinte metros de distancia. Pero esta vez había una diferencia. Mientras el hombre restauraba sus prótesis y suspiraba, aburrido, la muchacha jadeaba, comenzando a agotarse.

—¿Ya te has cansado? Pero si esto acaba de empezar. Por cierto, si me permites la pregunta... ¿por qué no usas tus Esencias? No lo entiendo. Si son tan poderosas como la historia cuenta, te darían bastante ventaja, ¿no crees?

—No... no quiero usarlas —jadeó.

Ion se percató entonces del motivo.

—Ya veo... lo había olvidado. Si Ragma te domina cinco veces o despiertas las cuatro Esencias de la Luz, liberarás a las Cinco Penitencias, ¿verdad? Te recomiendo escucharme, porque seguro que no te han contado bien la historia.

—¿Eh? ¿Qué dices?

—Las Cinco Penitencias no se liberarán en el momento en el que despiertes tus cuatro Esencias. Con cada Esencia que despiertes, una de ellas será liberada.

—¡Eso no tiene sentido! ¡Son cinco Penitencias, y yo tengo cuatro Esencias!

—Bueno, eso es lo que te han contado a ti. Pero la realidad es que tienes cinco. Dime, ¿has logrado usar alguna ya?

Nikko pensó por unos momentos. Cuando recordó la vez que salvó a Harold de la invasión de Nueva Naila, un escalofrío recorrió su cuerpo.

—He... he usado una.

—Entonces una Penitencia ha sido liberada.

La joven recordó entonces otro suceso. Cuando Harold, Celeus y ella salieron del refugio, los guardias y civiles del exterior habían sido asesinados a sangre fría, y, entre todos los cadáveres, había una estaca con un muñeco budú clavado que solo ella pudo ver.

—(Eso... ¿eso era una Penitencia?) ¡Como sea! ¡No usaré ninguna Esencia más!

—Pues estás en una difícil tesitura, muchacha. Un Guerrero Elemental puede ser poderoso sin sus Esencias, pero no exprime ni la mitad de su poder. ¿Qué piensas hacer? Por mi parte, lamento decirte que no tengo mucho tiempo —advirtió mientras volvía a formar la minigun—. Bueno, en realidad sí, pero tengo a un amigo esperándome en casa. Se alegrará mucho cuando le diga que me he retirado de toda esta mierda.

Nikko agachó la mirada mientras jadeaba, estresada.

—(Se te acaba el tiempo, Guerrera) —dijo Besdara—. (No puedes tardar tanto en tomar tus decisiones).

—¿Desde cuándo tú me aconsejas?

—(Desde que me interesa que estés viva. Te recuerdo que, si falleces, yo también desaparezco. Pude pasar de Baido a ti porque estabais delante, pero ahora mismo me perdería en la existencia. No pienses que me importas o algo parecido. Nuestra relación es puro interés. Ahora, toma una decisión o deja que la tome yo. Si no usas tus Esencias, este tío te terminará volando la cabeza).

La presión ejercía cada vez más fuerza sobre los hombros de la joven, todo mientras Ion levantaba la pesada minigun para apuntar y fijar así su blanco.

—Bueno, ya me he cansado. Adiós, Meyer.

—(Usaré la misma que utilicé en Nueva Naila. Así, no despertaré a ninguna Penitencia más. Primera Esencia: Fogonazo).

Justo antes de que Ion abriese fuego, Nikko utilizó la misma Esencia con la que salvó a Harold en Nueva Naila y un intensísimo fogonazo de luz iluminó momentáneamente toda la zona, cegando durante unos segundos al cazarrecompensas.

—(¡No! ¡Agh!)

Cuando la luz desapareció, Nikko le atacó por la espalda, aprovechando que seguía cegado. Sin embargo, el hombre era más listo que eso, y, guiándose por el sonido que habían hecho los pasos de la Guerrera, se dio la vuelta y le golpeó la cabeza con la minigun. O eso pensaba. Cuando recuperó ligeramente la visión, varios fogonazos de menor tamaño volvieron a cegarle.

—¡Jodeeeeeer! ¡¡VOY A MATARTE, ZORRA!!

Nikko aprovechó esta segunda oportunidad para asestarle un fuerte espadazo a la prótesis que unía la minigun con el resto de su brazo. Sin embargo, lejos de provocarle un solo rasguño al resistente acero, alertó a Ion, haciendo que este se girase en su dirección y abriese fuego.

—(Mierda, ¡no tengo opción! ¡Es mi oportunidad! ¡Segunda Esencia! ¡Refracción ardiente!)

Nikko, aprovechando que tenía el coche casi al lado, utilizó una Esencia que aprendió gracias a uno de los libros que le dejó Graven. Emitió varios haces de luz a una temperatura extremadamente alta contra el cristal, provocando una refracción que desvió dichos haces hacia el interior de los seis cañones de la minigun. La altísima temperatura de los rayos de luz provocó que el motor del arma se sobrecalentara, y, con ello, el sistema eléctrico, provocando que se quemase por dentro y dejase de funcionar justo antes de que disparase. Seguidamente, y sin perder un solo milisegundo, corrió de nuevo a una gran velocidad hacia Ion.

—(¡FOGONAZO!)

Tras volver a cegarle con varios fogonazos de luz, logró apuñalarle en el cuello. El cazarrecompensas cayó al suelo, desangrándose rápidamente. Sin embargo, en lugar de buscar una alternativa por la que seguir luchando, esbozó una débil sonrisa.

—Has luchado bien, pequeña Guerrera...

Nikko jadeaba de rodillas en el suelo, con su espada alejada y sudando a chorros.

—¿Qué...?

—He dicho que has luchado bien —tosió sangre—. ¿Ves? No eres tan inútil como seguro que pensabas. Sabes luchar, pero apuesto a que no sabías que batallabas tan bien porque nunca confiaste en ti. ¿Me equivoco...?

—No...

—Ja. No te acostumbres a esto, pequeña... matar no es algo divertido ni tampoco satisfactorio. Mancharte las manos en exceso puede implicar que le acabes cogiendo el gusto, pero no es un gusto verdadero. Son ansias enfermizas de sangre... —tosió de nuevo—. Me gustaría... pedirte un último favor... —dijo mientras sacaba un papelito con una dirección—. Cuídalo... es... es el único ser al que respeto en este mundo.

Ion falleció con la espada de Nikko clavada en el cuello. La Guerrera cogió el papelito y se lo guardó.

—Lo haré.

Seguidamente, se levantó, y, con un gran dolor de cuerpo, recuperó su espada y se dirigió cojeando a la casa de Darius.

—Óniro... por favor, dime que estás bien...

Cuando llegó, se encontró con un panorama completamente terrorífico: el interior había sido completamente arrasado y todos se encontraban en el suelo, varios de ellos muertos a simple vista. Cuando Nikko vio a Óniro, dejó de preocuparse de buscar a Celeus y se dirigió a él. Curiosamente, era el único que estaba intacto.

—¡Óniro...! ¡Gracias al cielo...! —Exclamó mientras abrazaba al inconsciente chico.

Utilizando un último gran esfuerzo, subió a Óniro a su espalda y se dio la vuelta, encontrando algo que no esperaba y que no estaba cuando entró: de nuevo, una estaca con un muñeco budú clavado se encontraba en el centro de los cadáveres. Mientras la joven salía aterrada y lentamente de la casa sin hacer mucho ruido, el muñeco la seguía con la mirada. Finalmente salió, y, cuando volteó ligeramente la mirada para ver de nuevo el interior, solamente la estaca estaba allí. El muñeco había desaparecido.

—(No... n—no entiendo nada...)

La lluvia todavía golpeaba con fuerza, y, de vez en cuando, se escuchaba algún que otro trueno. Pero nada de eso le impidió caminar en dirección al Templo Elemental.

—(La historia se repite una y otra vez) —pensó mientras caminaba por la oscura y lluviosa carretera con Óniro en su espalda—. (Llego a un lugar, soy feliz, y alguien destruye esa felicidad. Estoy cansada. Cansada de todo. Cansada de esta espiral de odio tan injusta. Quizá me equivoque y la culpa no sea de ese "alguien". ¿Será mía? ¿Será de mi familia? No... me he terminado dando cuenta de que buscar culpables no solucionará nada. Lo que hay que hacer es arrancar la raíz. Y, si la raíz de todo esto realmente soy yo, quizá debería...) —miró, entre lágrimas, en dirección al acantilado.

Al día siguiente.

—¿Qué tal se lo estarán pasando estos dos en la playa? —Preguntó Graven mientras cocía unas patatas para la cena.

—Seguro que muy bien. Pero todavía tengo dudas de si fue una buena idea alejar tanto a Meyer.

—Era necesario. Aproveché uno de sus mayores deseos para que recobrara las fuerzas. Además, está a cargo de Óniro.

Kalasav miró a la mujer con una ceja arqueada.

—Vamos, no me mires así. Es un chaval muy capaz. Espera, ¿qué es eso?

Tras ver algo extraño por la ventana, se teletransportó fuera.

—(No es posible...)

El sol caía ya por el horizonte, pero aún tenía la suficiente presencia como para iluminar el mojado cabello de una joven desmayada a la entrada del Templo con otro joven, también inconsciente, a su espalda.

—(¿Ha venido andando desde la casa de Darius? Debe llevar casi un día entero caminando sin detenerse. Impresionante, Meyer. Francamente impresionante) —pensó antes de teletransportar a ambos jóvenes a sus respectivas habitaciones en el Templo.

—¿Ocurre algo, señora? —Preguntó un chico que acababa de llegar de la aldea. Tenía el pelo largo y negro con tonos violetas, y vestía una túnica también negra y morada, dejando ver un tatuaje en su clavícula.

—Ah, Rax. No es nada. Entra, que ya casi está la cena.

—Sí, señora.

Graven se quedó unos minutos más mirando fijamente al horizonte mientras el viento revolvía su cabello rizado. Mientras tanto, en la casa de Darius, un misterioso hombre observaba el panorama un día después. El interior del hogar parecía ahora la casa del terror, pues estaba llena de cadáveres y todas las ventanas y muebles estaban destrozados. Además, una misteriosa estaca estaba perfectamente clavada en el centro del círculo de cadáveres. Un rayo que cayó cerca iluminó su rostro, el cual ahora esbozaba una sonrisa tras comprobar que aún había un superviviente inconsciente y con el cuerpo repleto de heridas y aberturas. El superviviente que necesitaba. Eso era lo único que le importaba a aquel vil empresario, cuyo nombre era Miles Salger.

—Tú no vas a morir. Todavía me sirves para algo.

Aquella noche, Graven no podía pegar ojo, por lo que decidió salir a dar un paseo nocturno. Kalasav se había dado cuenta, por lo que decidió acompañarla.

—¿Qué haces despierta tan tarde?

—Estoy preocupada, Kalasav. No sé qué ocurrirá a partir de ahora. Con el paso de los siglos, las Esencias Elementales principales han ido derivando en las actuales, las cuales son versiones más débiles de las originales. Mira esto —dijo mientras le enseñaba a Kalasav una página de un antiguo libro.

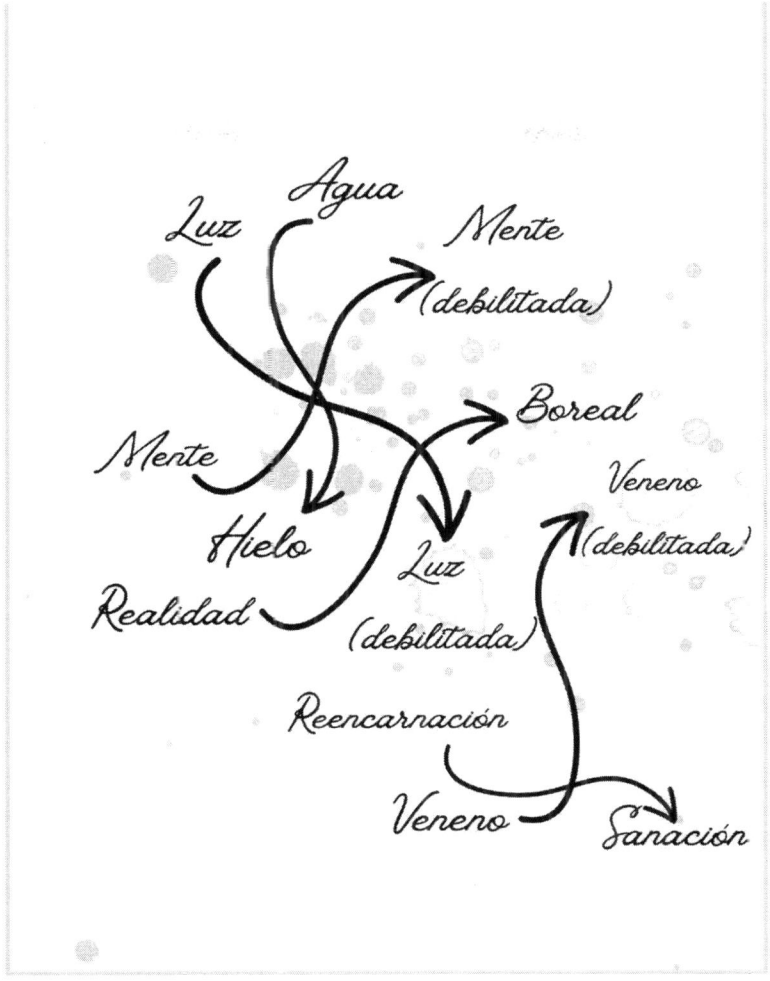

Los seis bebés portadores de las Esencias nacieron en buen estado, a excepción de uno: Lix, el primer portador de la Esencia de la Luz. Cuando la Esencia Púrpura corre por las venas de una madre gestante, hay un 0'33% de probabilidades de que su hijo nazca también siendo un Saag, y él tuvo la mala suerte de entrar en ese pequeño porcentaje. El Guerrero Lix...

el más poderoso y vivaz de todos. El más humano y menos humano a la vez gracias a los humanos. El apartado de los Guerreros por su condición. Después de perder el control, aquel muchacho fue utilizado por el vigente Rey para derrotar a las Cinco Penitencias que él mismo creó, y así lo hizo, ya que su Saag no era como el resto. Por su gran poder y por ser el primero registrado, se le denominó el Rey Saag. Todo esto antes de que cobrara consciencia y se conociera como Ragma Besdara, por supuesto. Pero, por algún motivo, Besdara perdió el control y arrasó la ciudad, acabando con miles de civiles. ¿Quizá se reveló? ¿O perdió el control sin más? No lo sé. Pero, desde ese momento, los Guerreros de la Luz han sido apartados de los Guerreros Elementales y completamente desterrados. ¿Qué tiene que ver Meyer en todo esto? Es sencillo. Se dice que las Penitencias volverán a despertar en el momento en el que el portador de Besdara despierte las cuatro Esencias de la Luz, o en el momento en el que Besdara logre cinco Dominaciones en una misma persona. Antes analicé a Meyer, y ya ha dominado dos Esencias. Iugh... quizá fue mala idea dejarle esos libros. Besdara no es nada común de ver; se dice que hay un 0'33% de probabilidades de que sea heredado de padre a hijo, y otro 0'33% de probabilidades de que, aun estando ambos vivos, salte de forma etérea al otro cuerpo en algún momento. Siempre es la misma probabilidad... ¿estará Besdara relacionado con las madres gestantes con Esencia Púrpura en su sangre? Si es así, es una probabilidad demasiado baja. ¿Mala suerte? ¿Datos falsos? ¿Realmente solo hay cuatro Esencias de la Luz? Hay demasiados agujeros por resolver en esta historia.

—Demasiada información. Deberías descansar.

—Sí... quizá tengas razón. Vámonos a dormir.

Al día siguiente.

Toda la zona del Templo había sido invadida por una pesada incertidumbre que se había contagiado de persona en persona. La noche anterior, Nikko había llegado herida, empapada y con un inconsciente Óniro a sus espaldas sin poder dar todavía una explicación, ya que ambos seguían profundamente dormidos. La situación había pasado de Guerrero en Guerrero de forma confidencial, y cada uno de ellos, sin excepción, había elaborado sus teorías; una invasión Saag, un ataque de Valis, un simple desastre natural... pero, por muchas conjeturas que existieran, lo cierto es que nadie entendía absolutamente nada. Todos esperaban ansiosos a que cualquiera de los dos Guerreros despertase para poder sacar algo en claro. Graven, por su parte, había convocado una reunión de emergencia con los Guerreros restantes para tratar el tema. Cuando los tres se presentaron, la mujer suspiró y miró a los tres fijamente, de uno en uno.

—He tomado una mala decisión.

—¿Cuál, señora? —Preguntó Rax—. Vamos, todos estamos muy preocupados, pero seguro que tiene solución...

—Pocas veces eres así de positivo, Raxi —bromeó Althea.

—¡Calla, petarda! ¡No es momento!

—Por favor —cortó Graven con un tono extremadamente seco—. Chicos, esto es muy serio.

Althea y Rax asintieron con la cabeza.

—Bien —siguió—. Kalasav tenía razón al dudar. No fue una buena idea alejar tanto a Meyer. Aunque haya servido para estrechar lazos con Óniro, ya conocéis la situación; todo apunta a que la han localizado de alguna manera y la han atacado. Por suerte, ambos Guerreros ha vuelto para contarlo, pero se nos añade un problema. Nada nos dice que no nos hayan seguido.

—Pero señora —intervino Althea—, aunque nos hayan seguido, recuerde que el Templo está oculto gracias a su energía. A menos que les hayan visto entrar, no lo encontrarán.

Graven miró a Kalasav, y ambos asintieron con la cabeza.

—Lo que dices es cierto, Althea, pero algo falla con esa energía. Ya es hora de dejarnos de secretos... ah...

—Ayer encontramos a un Saag en el bosque que está en frente del Templo Elemental —siguió Kalasav, consciente de que a Graven le costaba comentarlo.

Althea y Rax quedaron atónitos con la noticia. La primera reaccionó de forma algo más preocupada. En cambio, el segundo mostraba un silencioso enfado.

—Pe—pero... —titubeó la chica—. Pero... ¿y qué hicisteis con él? ¿Lo matasteis, verdad?

—No —respondió Graven con rabia—. Ese Saag no era uno cualquiera. Sus heridas no se regeneraron y se podía comunicar con nosotros. Hablaba en nuestro idioma y nos entendía.

Rax estalló de la rabia y le asestó un puñetazo a la tapizada mesa.

—¡¿Y por eso lo dejasteis vivir?!

—Rax, cálmate.

—¡¿En qué momento nos hemos vuelto tan blandos?!

—Rax...

—¡VOY A MATARLO!

En cuanto Kalasav posó suavemente su mano sobre el hombro del chico, este se calmó y se mostró algo avergonzado.

—Lo... lo siento, no debí haber reaccionado así. Pero creo que tenemos derecho a hacer preguntas. ¿Dónde está ahora?

Graven dudó unos instantes.

—En los calabozos de máxima seguridad. No tenéis permitido ir a visitarlo sin mi permiso, ¿de acuerdo? Si incumplís dicha norma, habrá consecuencias. Y no las tomaré yo. Las tomarán los de arriba.

Mientras Kalasav se mostraba indiferente, Rax y Althea no podían estar más que incómodos con la situación.

—Vale, vale... —dijo Althea—. Para que me entere: atacan a Nikko y a Óniro con riesgo de que les hayan seguido poniéndonos en peligro a todos, y, por si fuera poco, adoptamos a un Saag. ¿Qué tiene pensado hacer, señora?

—...

—¿Señora?

—Dejad de presionar —ordenó Kalasav.

—No, no, Kalasav... está bien —respondió Graven, algo estresada—. Al fin y al cabo, todo esto recae sobre mí, ya que, si se me ocurre chivárselo a los de arriba, Dios sabe lo que harán. Con lo que me costó convencer al Consejo de que no mataran a Nikko... e em. Bien —recuperó la compostura—. Como ya sabéis, cambiamos de base anualmente. El próximo cambio sería en siete meses, pero lo vamos a adelantar. En concreto, a mañana. Meyer no sabe lo del traslado anual, así que no será difícil mentirle. Y Óniro lo entenderá. El problema será comunicárselo a los de arriba... ugh... yo me encargo de ello. Los fuegos artificiales que siempre celebramos la noche antes de marcharnos serán esta misma noche. Podéis... retiraros. Id preparando las maletas. Althea, encárgate de hacérselo saber a la aldea. Cuéntales una mentira piadosa de las tuyas.

—Por supuesto.

Pasaron unas horas, y, tras caer las dos del mediodía, Nikko al fin despertó. Estaba sudada, pegajosa, mareada, y muy, muy cansada. Tanto que tardó quince minutos en levantarse de la cama. Cuando al fin lo logró, caminó hacia la cocina con el pelo revuelto, los ojos medio cerrados y con los recuerdos del día anterior bastante borrosos. Allí encontró a Óniro, quien también en pijama se estaba haciendo algo rápido de comer.

—¡Nikko!

Nada más verla, el chico corrió a abrazarla.

—¿Óniro? ¿Qué ha pasado...?

—¿No recuerdas nada?

—Ah... no, ahora mismo no. Me duele todo el cuerpo —bostezó.

—Ya... es normal. Te refrescaré la memoria más tarde. ¿Te hago algo de comer? Estarás hambrienta.

—Curiosamente no tengo apetito. Lo que sí que tengo es sed. Mucha, mucha sed.

En cuanto la joven abrió la nevera, no tardó en vaciar las tres botellas de un litro que se encontraban en ella, dejando atónito a Óniro.

—¡Despacio, ansias!

—¡Déjame, Oni!

Este último mote paralizó al chico. Nikko recordó entonces todo lo ocurrido el día anterior, y se maldijo a sí misma por haber mencionado dicho mote siendo víctima del profundo sopor que sentía.

—Lo... lo siento. Óniro, yo... acabo de recordarlo, y... joder, tenía la cabeza en otro sitio... de verdad que... hice todo lo que pude, y...

Nikko comenzó a ponerse extremadamente nerviosa, pero el chico le dio otro abrazo que logró calmarla.

—Tranquila. Hey, va, tranquila. No es tu culpa, ¿vale?

—Claro que lo es... ¡claro que lo es! —Comenzó a llorar—. Venían a por mí, y Darius... ¡él no merecía morir...!

—Es a lo que me expuse al llevarte conmigo. Ya te lo dije, Nikko; estoy contigo. Y ahora no eres la única que tiene un motivo de peso para matar a esos hijos de puta. Pienso vengar a mi padre como sea. Aunque sea lo último que haga. Aunque sea...

—Tu última voluntad.

Ambos jóvenes se miraron en silencio, en un repentino panorama cargado de decisión que no tardó en cortarse.

—E—esto... se me van a quemar las patatas. Dime, ¿quieres algo de comer o no?

—No, no. Gracias.

—Está bien —respondió mientras removía el agua de la olla—. Entonces ve a revisar el correo, porfa.

—¿Correo? ¿Acaso alguien manda cartas aquí?

—Claro. De vez en cuando nos comunicamos con los de arriba.

—¿Con los de arriba?

—Ya te lo contaré. Ve a por el correo, anda.

—¿Pero no se supone que de los asuntos de arriba se encarga la señora Graven? Qué cotilla que eres.

—¿Qué? ¡No es por eso! Bueno... no del todo. Agh, ¡vete!

Nikko obedeció y salió del Templo riéndose por lo bajo.

—(Uff, me duele todo... ¿ah? ¿Qué es eso?)

Antes de llegar al buzón, el cual levitaba e irradiaba un aura morada, Nikko se dio cuenta de que había nota pegada en la puerta de la entrada. Sin vacilar, la arrancó y volvió a la cocina.

—Óniro, mira.

—¿Entonces había cartas?

—No, no estaba en el buzón. Estaba en la puerta.

El chico se la quitó de las manos.

—¡Oye!

—Óniro, Nikko —leyó el chico, ignorando la queja de la muchacha—:

—¿La "AGE?" ¿Qué es eso?

—La "AGE" es la Asociación de Guerreros Elementales. En ella se tratan todos los asuntos relacionados con estos, además de investigar las Esencias Derivadas e instruir a los cadetes a Guerrero Elemental. ¿Pero por qué narices quieren adelantar el traslado de base? ¿Por qué coño no pone el motivo? Estoy harto de tanto secretito y de tanto "motivo confidencial".

> Oniro, Nikko: Hemos recibido noticias de la AGE. Me temo que debemos adelantar el traslado de la base a mañana mismo. Esta noche se celebrará el festival y los correspondientes fuegos artificiales.
> Siento las molestias.
> Graven.

—Hey, calma. Entiendo tu enfado, pero puedes preguntarle cuando la veas de nuevo. Seguro que te lo dice. Ah, y... esto... ¿te gustaría ir a ese festival conmigo?

—Claro, ¿por qué no? Comienza a las 22:00, y dura toda la noche. Será divertido —dijo mientras seguía preparando la comida.

—Seguro que sí...

—¿Estás bien?

—Sí, sí. Es solo que he tenido un *flashback*. Solo he asistido a un festival en mi vida, y fue la noche antes de que mi padre se fuera a la guerra y nunca regresara. Se le notaba tan feliz... sin embargo, noté algo. Algo que en ese momento no supe descifrar... hasta hoy. Aquella noche, mi padre cargaba con un gran sentimiento de culpa porque sabía lo que quería hacer. Sabía que no me volvería a ver en muchos años, y así fue. Pero me lo ocultó. Me ocultó sus sentimientos.

—Lo siento, Nikko. Ah... a raíz de todo esto, ¿te puedo hacer una pregunta?

—Claro.

—¿Tú conociste a tu madre?

Nikko quedó pensativa por unos segundos.

—¿A mi madre? No. No, nunca la conocí. Tampoco se nada de ella, ni siquiera si sigue viva o muerta.

—Entiendo. Yo tampoco conocí a la mía. Besdara acabó con ella cuando yo era un bebé.

La chica se estremeció.

—Lo siento, Óniro.

—No te preocupes. Tanto la muerte de mi madre como la de mi padre no habrán sido en vano. Estoy seguro de que este camino tan peligroso no es el que él querría que siguiese, pero no me importa. No puedo permitir que sus asesinos campen a sus anchas por ahí.

—Cuando te recogí en la casa de Darius para regresar al Templo Elemental, me pareció que todos estaban muertos. Pero no me paré a comprobarlo. Debí hacerlo... agh, qué idiota que soy.

—Vamos, no te tortures tanto. Seguro que tenías la cabeza patas arriba.

—Pues la verdad es que sí. Oye, me vuelvo a la cama un rato... me duele todo el cuerpo.

—De acuerdo. Ahora te llevo algo calentito.

Nikko durmió el resto de la tarde, y no precisamente de manera plácida. De nuevo, fue víctima de una pesadilla. Sin embargo, esta, al contrario que el resto, era calmada. Calmada y extraña.

En ella, la joven se encontraba desnuda y sentada al borde de un gigantesco acantilado que daba al mar. Detrás de ella no había nada más que campo, y, sobre su cabeza, un infinito cielo estrellado en el que se veía nítidamente la Vía Láctea. Una agradable brisa removía su pelo con suavidad, todo mientras la Guerrera observaba el vacío horizonte con la mente en blanco. Simplemente, disfrutando de la situación. Disfrutando y no disfrutando a la vez, ya que, aunque se sintiera bien allí sola, algo la inquietaba. Algo no encajaba.

—Es bonito, ¿verdad? —Preguntó en voz baja un hombre antes de sentarse al lado de ella.

Al ver quién era, Nikko no tuvo la reacción que esperaba. Simplemente le miró, sorprendida y sin entender mucho lo que estaba ocurriendo.

—Harold...

El pescadero, sosegado, observaba también el ancho mar y el oscuro cielo con una sonrisa.

—Sabía que llegarías lejos, Nikko —dijo sin dejar de mirar al horizonte.

—Ha... Harold... estás...

—No. Lamentablemente es un sueño. Pero, aunque no sea en la realidad, me alegra mucho ver que sigues de una pieza. Además, eres... diferente —la miró con una sonrisa—. No sé por lo que has tenido que pasar desde mi partida, pero ahora eres más fuerte. Siento no haberme podido despedir de ti, Nikko.

—Harold, no... no pasa nada... yo...

—No te pongas nerviosa, o el mar embravecerá. ¿Recuerdas que te conté que mi sueño era ver el mar? Bueno, pues aquí lo tengo.

—Harold, pero esto no es... real.

—No importa. Prefiero cumplir mi sueño dentro de otro sueño contigo a cumplirlo solo en la realidad. Como ya le dije a Celeus aquel día, la muerte es parte de la vida. Negarte a morir es negarte a vivir. En cuanto comprendas eso, empezarás a vivir de verdad. Sin embargo, hay algo de lo que nunca me libraré, y es de la culpa por no haber visto crecer a mis hijas y por haber abandonado a mi mujer con su depresión. De la culpa por no haber sabido frenar a tiempo y regresar con ellas. Pero entonces te habría abandonado a ti, y... no lo sé, Nikko. Ya no sé qué habría sido lo correcto y qué habría sido lo incorrecto.

—Creo que ninguna de las dos decisiones son incorrectas. Ambas tienen un objetivo más que noble, y en ambas... bueno... en ambas...

—En ambas ponía otra vida por delante de la mía. Y no me arrepiento de ello, al igual que tú tampoco debes arrepentirte de tus decisiones. Arrepentirse es una pérdida de tiempo, Nikko. Utiliza tanto tus buenas decisiones como las malas para aprender y mejorar. Solo así serás una gran mujer, al igual que lo fue tu madre. Solo así serás una gran Guerrera Elemental, al igual que lo fue tu padre. El destino existe, y cambiarlo a veces es parte de él. Sigue siendo tan fuerte como siempre, pero, sobre todo, tan buena, ¿de acuerdo?

—Harold...

—Tienes el corazón más puro que he visto en mis cuarenta y seis años de vida. No permitas que nadie te lo nuble. Te quiero.

Cuando Nikko despertó, no lo hizo gritando como en las anteriores pesadillas. Simplemente abrió ligeramente sus ojos, consciente de todo lo que acababa de ocurrir. No había sudores ni temblores; solamente una lágrima que se iba deslizando poco a poco por su mejilla hasta desaparecer, dejando un húmedo rastro tras de sí. Cuando se levantó después de tres minutos tumbada y sin fuerzas, se dio cuenta de que, en la mesilla, había una sopa de pollo que se había quedado fría. Ya había anochecido hace rato, y por la ventana se iba viendo la alegría del festival; el ruido comenzaba a inundar las calles mientras las gentes de la aldea, disfrazados, montaban los puestecillos y colgaban juntos coloridas banderas. Pero esa felicidad que se respiraba en el exterior no lograba iluminar el interior de la joven. Lo único que lograba era crear un molesto contraste entre un ruidoso júbilo y una silenciosa preocupación.

—(¿Qué hora es...?)

De repente, alguien comenzó a llamar a la puerta sin cesar. Pero no era un "toc, toc" común, sino que era algo más suave. Algo parecido a unos arañazos.

—¿Quién...? ¿Ah?

Cuando Nikko abrió la puerta, un perro marrón, grande y viejo entró en la habitación y se tumbó en el suelo.

—O—oye...

—Hola, Nikko.

—¡Se—señor Nitrovski!

Nikko se limpió rápidamente el rastro de las lágrimas y se puso firme.

—Este perro de aquí se encontraba en una dirección que estaba escrita en un papel que tenías guardado en el pantalón. En dicho papel también ponía "por favor, encárgate de él". Cuando Graven se dirigió a dicha dirección y entró en el hogar, solamente encontró a este pobre desgraciado, por lo que se lo trajo con nosotros. No conocemos su nombre, pero sí que sabemos que se encuentra extremadamente triste por la muerte de su dueño. Dime, Nikko, ¿tuviste que ver?

—(Era el amigo del que hablaba Ion). Sí, tuve que ver. Cuando derroté al cazarrecompensas que vino a matarme, me dio la dirección.

—Entiendo. Por cierto, ¿has estado llorando?

—¿Qué? No, ¿por qué lo dice?

El hombre negó con la cabeza, sin un atisbo de duda de que la chica mentía.

—¿Por qué me engañas? ¿Te avergüenza llorar? Es algo natural. Y no es de débiles.

—Lo sé, pero... ah... sí. Sí, e—estaba... llorando.

—¿Puedo pasar?

—¡NO! —Gritó casi al instante, víctima de un flashback del momento en el que Marvin le preguntó exactamente lo mismo.

—De acuerdo. Disculpa.

—No, esto... sí, quería decir que sí. Pase, por favor.

El hombre tomó el permiso y entró en el cuarto. Tras echar una nostálgica ojeada a su alrededor, se sentó en una silla.

—¿Por qué llorabas?

—Tuve un sueño —respondió Nikko antes de cerrar la puerta y sentarse en otra silla, en frente de él—. Un sueño en el que volvía a ver a mi mejor amigo. Él fue asesinado.

Kalasav se mostraba inexpresivo, como si las palabras o el tono de la joven no hicieran ningún tipo de efecto en él.

—Pudimos hablar un rato. Por algún motivo, yo no tenía ropa... no sé ni si quiera qué lugar era ese. No parecía un sitio aleatorio. Era un acantilado con...

Entonces, recordó qué lugar era.

—El acantilado de la casa de Darius...

—Dime, Nikko —dijo el Guerrero—. ¿Echas de menos a tu amigo?

—Por supuesto que sí.

—Yo también echo de menos a muchos camaradas. La mayoría de ellos han acabado cayendo de una forma u otra; en batalla, por infección, por suicidio... uno nunca se acostumbra del todo, pero uno también se termina dando cuenta de que solo hay dos opciones: seguir adelante con tus traumas o abandonar. No hay más. No puedes transformar esas pérdidas en cadenas. Si sigues así, tarde o temprano esas cadenas pesarán tanto que ya no podrás moverte. No creas que no te entiendo; yo fui como tú. Todos pasamos por ahí tarde o temprano. Pero mírame. Estoy lleno de arrugas y cicatrices, y cada una de estas cicatrices representa no solamente una herida o un recuerdo, sino algo más importante: un aprendizaje. Te haré la pregunta una tercera vez. ¿Quién eres?

—...

Kalasav suspiró.

—No hay prisa. Otra vez será, supon...

—Soy Nikko Meyer —cortó la joven mientras se levantaba de la silla, invadida por un repentino sentimiento de decisión—. Soy Nikko Meyer, Guerrera Elemental de la Luz. Y estoy aquí para alcanzar los objetivos que no le permitieron cumplir a mi padre: cortar las raíces del problema que nos estanca desde hace un milenio, hacer que la población entierre el hacha de guerra con mi familia y poder vivir en paz. Libertad, tanto para mí como para el mundo entero. Eso es lo que quiero. Sin embargo, si he de tomar una decisión drástica para que el mundo pueda vivir en paz, lo haré. Aunque yo deba irme y mi familia termine en mí, ¡lo haré!

El hombre escuchaba con los ojos bien abiertos.

—No me dejaré derrotar. ¡Voy a luchar! Yo voy a intentar... no, ¡yo voy a lograr cambiar el rumbo de la historia!

Por primera vez en toda la conversación, el rostro de Kalasav expresaba no solo un sentimiento, sino dos: sorpresa y orgullo. Tras esbozar una sonrisa, asintió con la cabeza.

—Bien, Nikko. Eso es lo que quería oír desde que te salvé la vida en aquel bosque. Tienes mis respetos. Ahora, prepárate; el festival comenzará en breve.

La joven asintió también, decidida. Nada más salir Kalasav, Óniro entró disfrazado con otro disfraz en la mano.

—¡Óniro! Guau... qué disfraz tan bonito.

El chico se había puesto una túnica morada con motivos fantasmales más oscuros que, de vez en cuando, emitían un tenue brillo en la oscuridad. Además, llevaba una máscara de zorro ártico que a Nikko le había cautivado con solo verla.

—¿Te gusta? Pues para ti hay otro igual. Pero con dos pequeñas diferencias. Mira —dijo antes de quitarse su máscara y extender el disfraz de Nikko sobre la cama—. El tuyo es de un tono amarillo, y, en vez de tener motivos fantasmales, tiene motivos de estrellas. Además, la máscara no es de zorro, porque ya no quedaban. Es de...

—Venga ya, ¡¿en serio?!

—¡Solo quedaba esta!

—¡No pienso ponerme una máscara de cerdo!

Óniro comenzó a reírse a carcajadas.

—Es cierto, a ti no te hace falta la máscara de cerdo.

—¿Perdón?

—¡Nada! Mira, si quieres nos las cambiamos. A mi me gustan los cerdos, ya que me crie en el más puro campo.

—Me gusta la idea.

Y así fue. Tras darse una ducha y ponerse el disfraz, ambos salieron al exterior. Gracias a la intervención de Kalasav, aquel ambiente ya no resultaba tan chocante; ahora el interior de la joven ebullía ilusión y ganas de comenzar a entrenar.

—¡Nikko, corre! ¡Van a comenzar los fuegos artificiales!

—¡Voy, voy! ¡Ay, hay demasiada gente!

Tras correr durante unos minutos haciéndose sitio entre la multitud, lograron llegar a la plaza, donde se veían a la perfección. Cuando el primer fuego artificial estalló, Nikko se asustó. En el momento en el que Óniro se dio cuenta de esto, tomó su mano con fuerza, logrando que su calidez la distrajese y que ambos chocaran dos fijas miradas. Nikko se quitó la máscara de zorro ártico, así como Óniro se quitó la de cerdo. Ambos se dedicaban una cálida sonrisa mientras se daban la mano con fuerza, en una invisible promesa de lealtad.

—Nikko...

—¿Sí?

—...

—¿Óniro?

El chico, tras pensar unos segundos, negó con la cabeza rápidamente mientras mantenía su amable sonrisa.

—No, nada.

Y así fue. Ambos disfrutaron de los fuegos artificiales juntos para después marchar a la taberna de la aldea, "La Taberna de Wago", donde, bebida en mano y alegría en rostro, disfrutaron junto al resto de Guerreros y a más gente de la aldea de buenos momentos compartiendo anécdotas y muchas, muchas risas. En definitiva, momentos que Nikko echaba de menos. Momentos que se sentía feliz de poder revivir al fin, aunque no estuvieran todas las personas que ella desearía. Momentos que lograban revivirle la sonrisa que parecía ir perdiendo poco a poco.

—(Sí...) —pensó mientras reía junto con los demás a las cinco de la madrugada—. (Este es el camino que he decidido tomar, y no me voy a quedar atrás por muchas incógnitas que queden por aclarar. Por ti, abuela. Por ti, Harold. Por ti, Darius. Por ti, padre. Por el mundo entero, y, por último, por mí. Voy a darle un sentido a todas vuestras muertes. Aunque sea mi última voluntad).

CONTINUARÁ.

AGRADECIMIENTOS

Gracias a Bryan, mi primer ilustrador. Gracias por ponerle tanto cariño a los encargos y siempre estar ahí, al pie del cañón, a pesar de toda tu carga de trabajo.

Gracias a mi hermano, Aarón, por darme mil y un consejos sobre cómo esta obra podría ser mejor, siempre viendo un margen de mejora más allá del que yo podría llegar a ver jamás.

Y, por último, agradecimientos especiales al verdadero Harold por aportar tantas frases, ideas y reflexiones. Por destacar los aciertos y también los errores. Por seguir este gran viaje desde el principio, prestándome su increíble imaginación sin perder nunca su inestimable ilusión. Gracias, Akira.

ÍNDICE